英語萬用字典
運動休閒字彙百科

English Pronunciation Guide • Sports & Leisure

英語萬用字典 運動休閒字彙百科

English Pronunciation Guide • Sports & Leisure

發 行 人　鄭俊琪

總 編 輯　王琳詔

責任編輯　廖慧雯

中文編輯　陳柔曲

英文編輯　Britton Mercadante・Helen Yeh

英文錄音　Meagunn Hart・Michael Coughlin・Michael Tennant・Sarah Zittrer

藝術總監　李尚竹

美術編輯　李海瑄 ・ 黃郁臻

封面設計　黃郁臻

技術總監　李志純

程式設計　李志純 ・ 郭曉琪

光碟製作　姜尹涵

點讀製作　李明爵

出版發行　希伯崙股份有限公司
105 台北市松山區八德路 3 段 32 號 12 樓
劃　　撥：1939-5400
電　　話：(02) 2578-7838
傳　　真：(02) 2578-5800
電子郵件：Service@LiveABC.com

法律顧問　朋博法律事務所

印　　刷　禹利電子分色有限公司

出版日期　民國 106 年 7 月　初版一刷

推廣特價　299 元

國家圖書館出版品預行編目資料

英語萬用字典 運動休閒字彙百科 / LiveABC
互動英語教學集團編譯 .

——初版 . ——臺北市 : 希伯崙公司 , 民 106.07

面；　公分

ISBN 978-986-441-116-0 (平裝附光碟片)

1. 英語　2. 詞典

805.132　　106010304

英語 萬用字典

運動休閒字彙百科

English Pronunciation Guide • Sports & Leisure

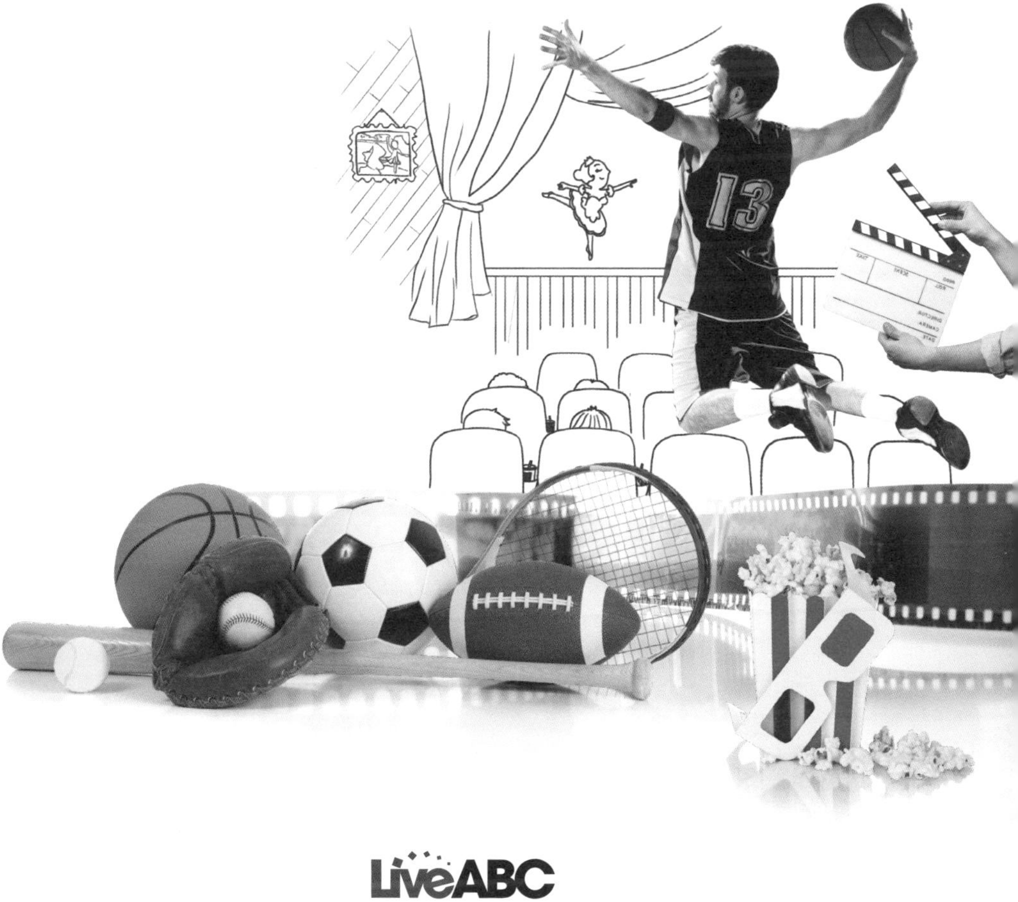

LiveABC
英語數位學習第一品牌

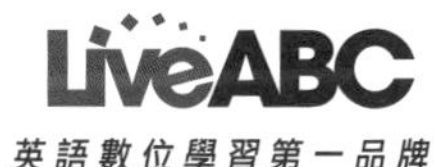

目錄

Sports 運動項目

Baseball 棒球

Basketball 籃球

Soccer 足球

Tennis 網球

目錄

Olympic Games 奧運比賽

Other Sports 其他運動

Sports Notes 運動筆記

CHAPTER 2 Leisure & Entertainment 休閒娛樂

Movies 電影

Music 音樂

Television 電視

目錄

Games 遊戲

Painting 繪畫

Literature 文學

Hobbies 嗜好

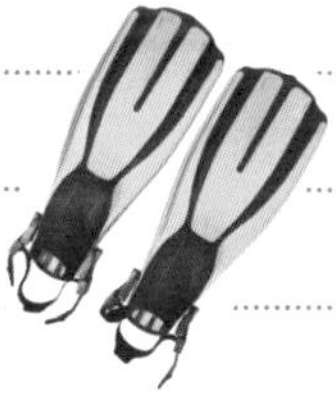

如何使用本書

長知識 唸對英文單字
就用這本英語萬用字典

和外國朋友聊天時常會聊到運動或休閒活動，如果談到運動，一定會說到最熱門的職棒、職籃或足球；聊到休閒活動，可能會提到所看的電影、書籍或聽的音樂等。這時你是否會因為說不出球隊名稱、唸錯電影片名而陷入窘境？有感於許多讀者對英文字彙與正確發音的需求，我們策劃了「英語萬用字典」系列，不但要告訴你這些生活中常見的英文詞彙，還要告訴你英語母語人士會怎麼唸。

本書為這個系列第三本，包含運動與休閒兩大日常生活中最常接觸的主題，除了有各式運動和休閒娛樂的介紹，還收錄許多字典中沒有收錄的字詞。例如 NBA 當紅球星「揚尼斯‧安戴托昆波」（Giannis Antetokounmpo），如果你知道這位「字母哥」的英文怎麼說，一定會讓外國朋友刮目相看。「運動項目」單元除了帶你認識各種運動、常用術語，還有其他運動相關的英文說法。在「休閒娛樂」主題中，分為電影、音樂、電視、遊戲、繪畫、文學及嗜好等單元，想知道受歡迎的好萊塢演員、奧斯卡影片、電視節目、世界名著等，這裡通通都有；而生活中常見的嗜好，例如露營、潛水、逛博物館等，在這個單元也都可以學到。本書共收錄逾兩千五百個實用字詞，只要知道這些該怎麼說，無論是跟外國朋友聊運動、話娛樂，都能暢所欲言！

本書除了搭配朗讀 MP3 外，最特別之處在於具備點讀筆功能，只要你一筆在手，隨時點隨時掌握其英語發音。而書中收錄的某些專有名詞，我們並未提供 KK 音標，主要是希望讀者能用「聽」的方式來瞭解這些字詞究竟該怎麼說。希望藉由本書所提供的豐富內容，幫助讀者增加英文詞彙，更可以說出一口好英語。

本書內容介紹

收錄內容豐富多元

涵蓋「運動項目」與「休閒娛樂」等兩大主題，其中包含各式球類運動及電影、音樂等休閒娛樂的介紹。

點選頁面上單字可直接聆聽該字的發音。

本書 KK 音標參考韋伯字典（Merriam-Webster）標示，主要為美語發音。

介紹世界各地知名遊樂園和博物館，讓你不只會玩還會說。

條列常見的運動相關術語，讓讀者了解這些英文字彙的說法。

圖解小字典幫助讀者用圖像記憶

有些字彙採圖解方式呈現，讓你透過圖片學習，能更容易記住這些實用的單字。

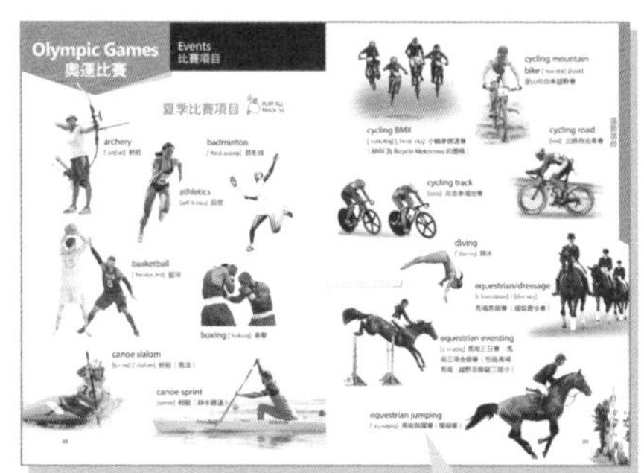

帶你一邊看圖一邊學發音。你可透過 MP3 或點讀筆來聽取這些字詞的唸法。

點讀使用說明

◎認識點讀筆

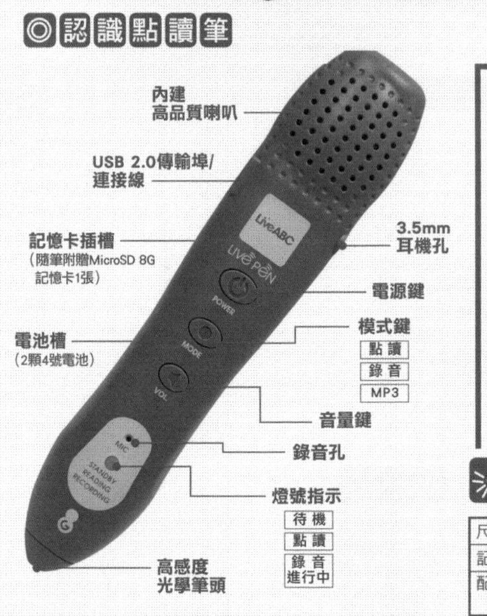

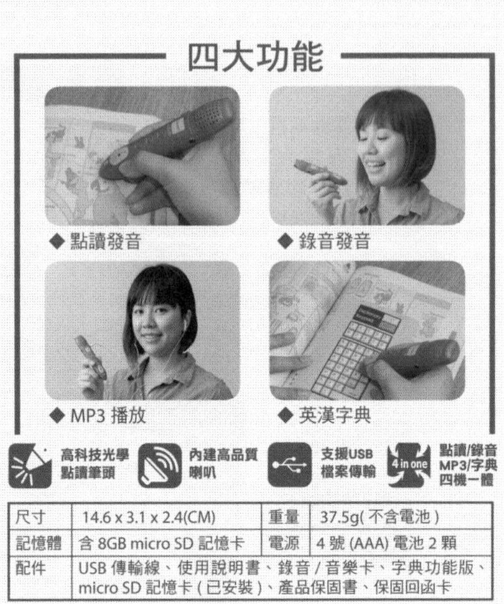

尺寸	14.6 x 3.1 x 2.4(CM)	重量	37.5g(不含電池)
記憶體	含 8GB micro SD 記憶卡	電源	4 號 (AAA) 電池 2 顆
配件	USB 傳輸線、使用說明書、錄音 / 音樂卡、字典功能版、micro SD 記憶卡 (已安裝)、產品保固書、保固回函卡		

◎安裝點讀音檔

使用前請先確認 LivePen 點讀筆是否已完成音檔安裝

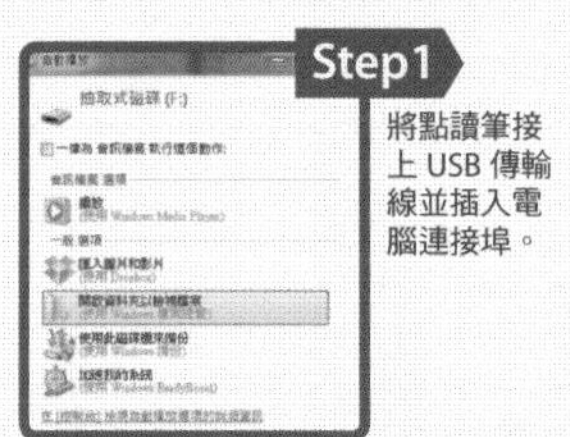

Step1 將點讀筆接上 USB 傳輸線並插入電腦連接埠。

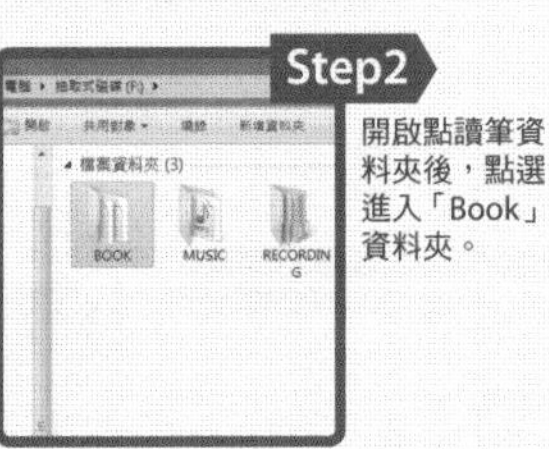

Step2 開啟點讀筆資料夾後，點選進入「Book」資料夾。

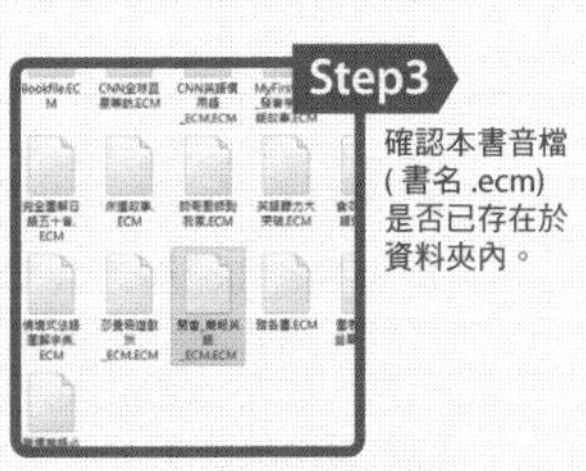

Step3 確認本書音檔 (書名 .ecm) 是否已存在於資料夾內。

若尚未安裝音檔，請完成以下步驟後方能使用點讀功能。

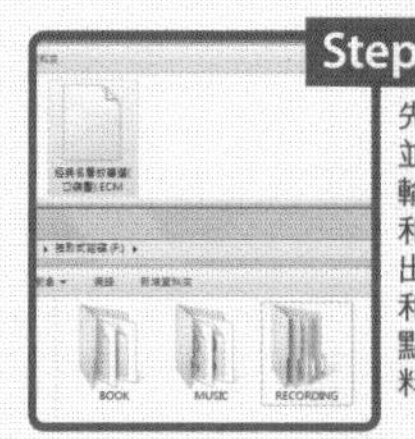

Step1 先開啟光碟，並用 USB 傳輸線連接電腦和點讀筆，會出現「光碟」和「LivePen 點讀筆」的資料夾。

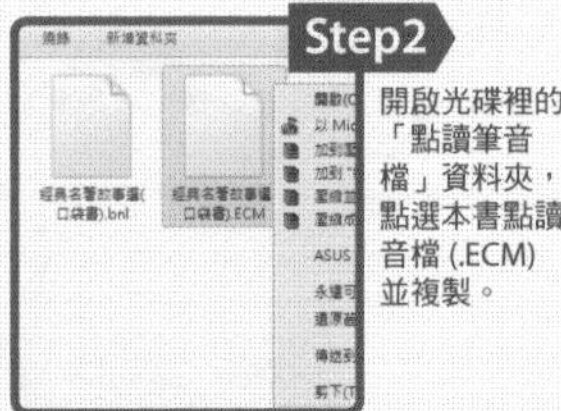

Step2 開啟光碟裡的「點讀筆音檔」資料夾，點選本書點讀音檔 (.ECM) 並複製。

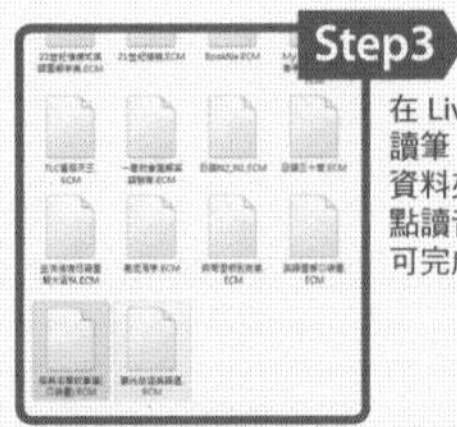

Step3 在 LivePen 點讀筆「Book」資料夾裡貼上點讀音檔，即可完成安裝。

◆ 若光碟遺失或無法使用，請上 LiveABC 官網下載點讀音檔。

◎開始使用點讀筆

Step1

1. 將 LivePen 光學筆頭指向本書封面圖示。
2. 待聽到「Here We Go!」語音後即完成連結。

Step2

開始使用書中的點讀功能

點 PLAY ALL TRACK 01 圖示，即播放整篇內容的發音。

◎每本書可點讀之內容依該書編輯規劃為準

◎搭配功能卡片使用

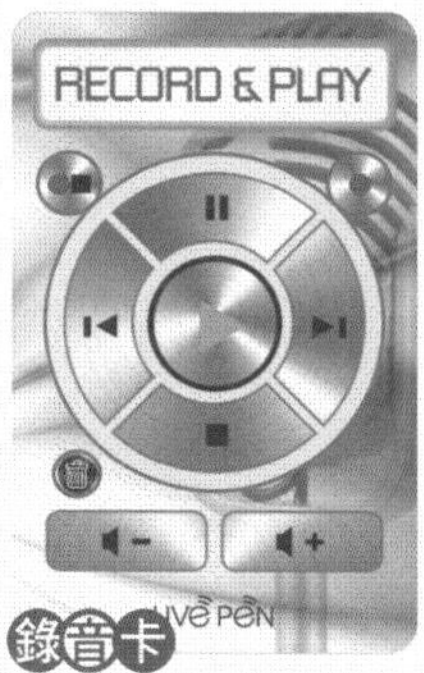

錄音功能 請搭配錄音卡使用

模式切換：點選 RECORD & PLAY，聽到「Recording Mode」表示已切換至錄音模式。

開始錄音：點選，聽到「Start Recording」即開始錄音。

停止錄音：點選，聽到「Stop Recording」即停止錄音。

播放錄音：點選，即播放最近一次之錄音。

刪除錄音：刪除最近一次錄音內容，請點選。（錄音檔存於資料夾「\recording\meeting\」）

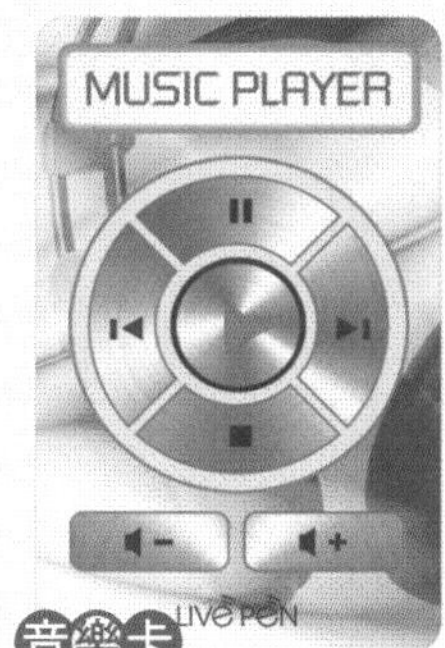

MP3 功能 請搭配音樂卡使用

模式切換：點選 MUSIC PLAYER，並聽到「MP3 Mode」表示已切換至 MP3 模式。

開始播放：點選，即開始播放 MP3 音檔。

新增/刪除：請至點讀筆資料夾位置「\music\」新增、刪除 MP3 音檔。

英漢字典功能
請搭配字典功能版使用

模式切換：點選 Dictionary ON，聽到「Dictionary on」表示已切換至字典模式。

單字查詢：依序點選單字拼字，完成後按 Enter，即朗讀字彙的英語發音和中文語意。

關閉功能：使用完畢點選 Dictionary OFF，即可回到點讀模式。

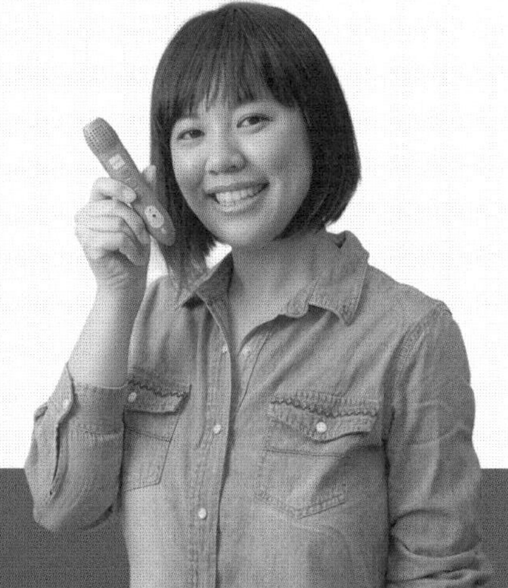

CHAPTER
1

Sports
運動項目

這個單元介紹棒球、籃球、足球、網球及其他常見的運動，包含職業明星球員、球場及運動術語的說法。

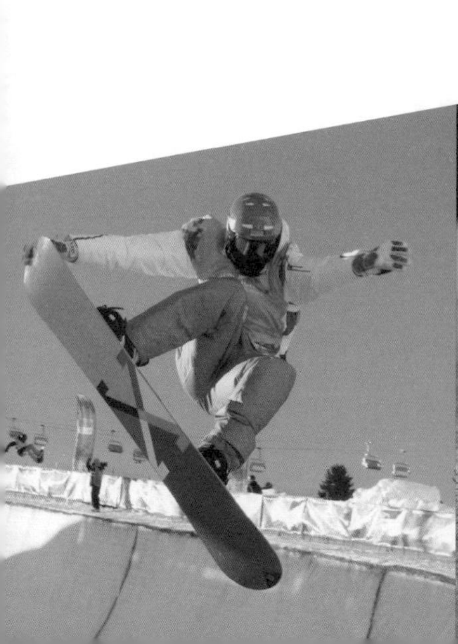

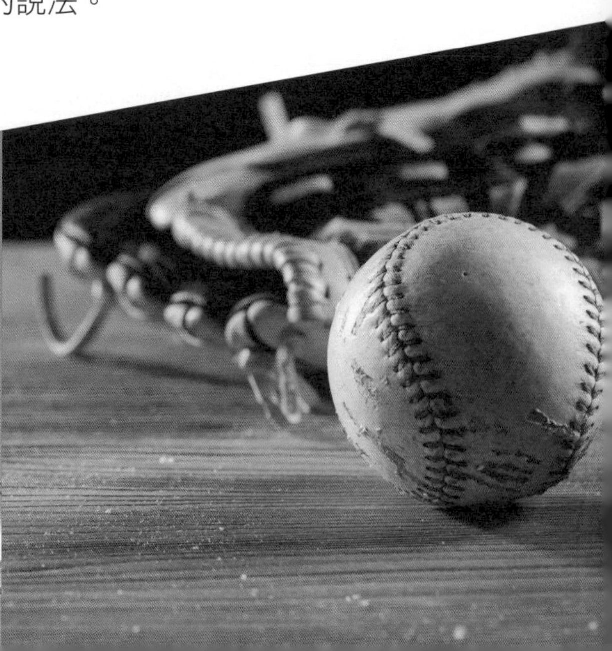

棒球

籃球

足球

網球

奧運比賽

其他運動

運動筆記

Baseball
棒球

Team Map
球隊分布圖

點選圖上文字
可聽取發音

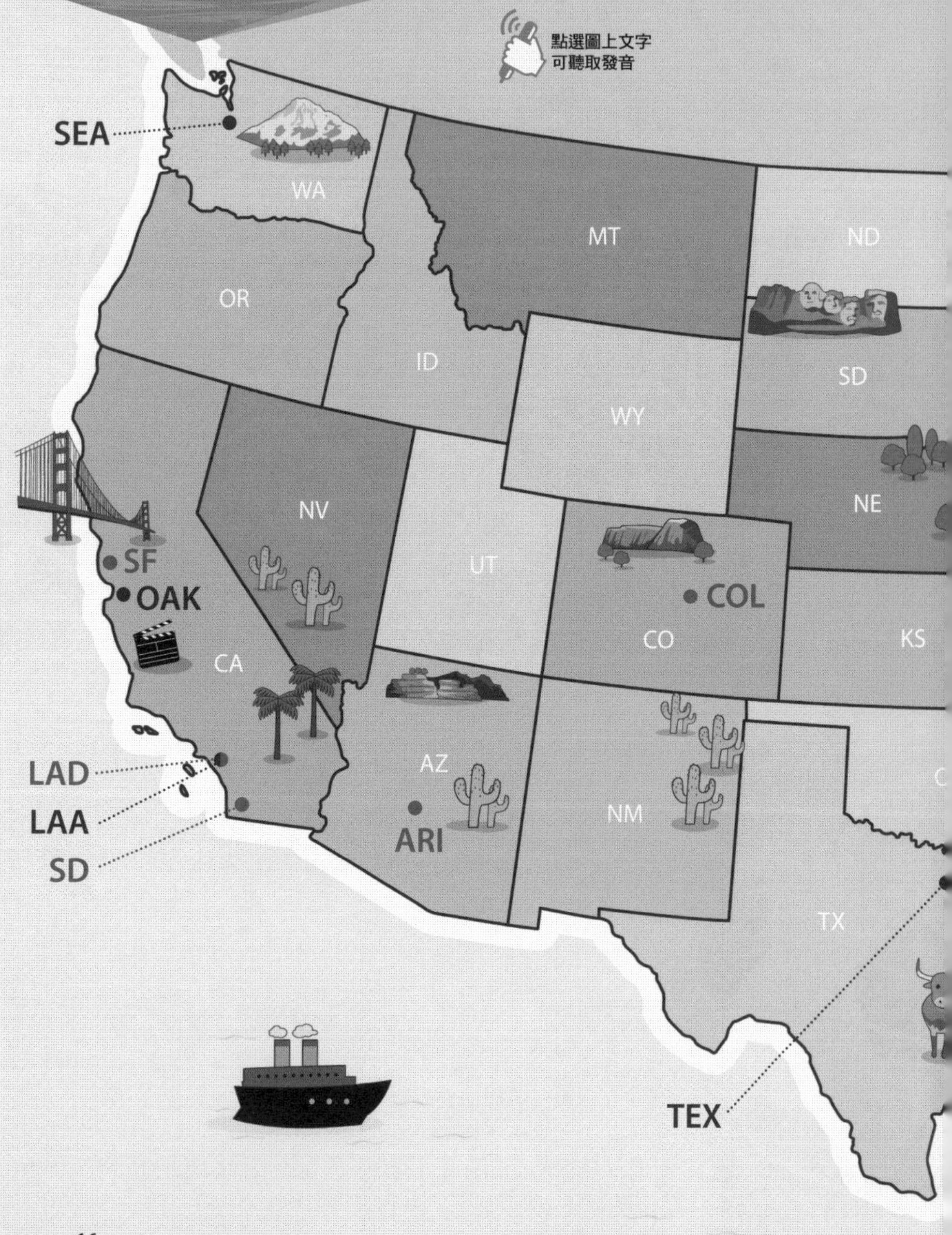

SEA
WA
MT
ND
OR
ID
SD
WY
NE
NV
UT
SF
OAK
COL
CO
KS
CA
AZ
LAD
LAA
SD
ARI
NM
TX
TEX

● 國家聯盟　● 美國聯盟

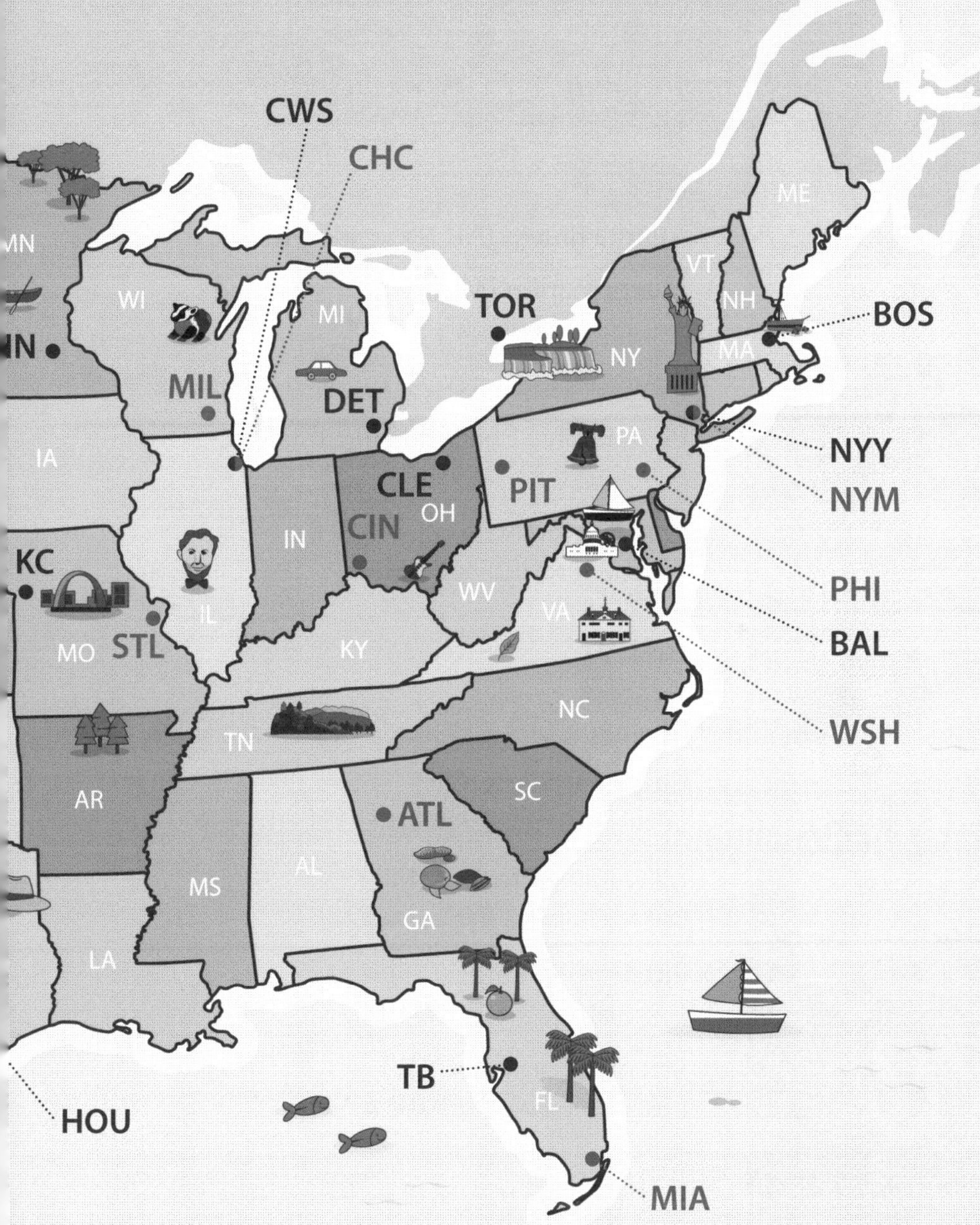
CWS
CHC
MN
WI
MI
TOR
ME
VT
NH
BOS
MA
NY
MIL
DET
IA
PA
NYY
NYM
CLE
PIT
OH
CIN
IN
KC
IL
WV
VA
PHI
BAL
MO
STL
KY
NC
WSH
TN
AR
SC
ATL
AL
MS
GA
LA
TB
FL
HOU
MIA

MLB Teams
MLB 球隊名稱

國家聯盟

東區

Atlanta Braves (ATL) [ət`læntə] [brevz] 亞特蘭大勇士

Miami Marlins (MIA)
[maɪ`æmi] [`mɑrlənz] 邁阿密馬林魚

New York Mets (NYM) [nu] [jɔrk] [mɛts] 紐約大都會

Philadelphia Phillies (PHI)
[ˏfɪlə`dɛlfjə] [`fɪliz] 費城費城人

Washington Nationals (WSH)
[`wɔʃɪŋtən] [`næʃnəlz] 華盛頓國民

中區

Chicago Cubs (CHC) [ʃə`kɑgo] [kʌbz] 芝加哥小熊

Cincinnati Reds (CIN)
[ˏsɪnsə`næti] [rɛdz] 辛辛那提紅人

Milwaukee Brewers (MIL)
[mɪl`wɔki] [`bruɚz] 密爾瓦基釀酒人

Pittsburgh Pirates (PIT)
[`pɪtsˏbɝg] [`paɪrəts] 匹茲堡海盜

St. Louis Cardinals (STL)
[sent`luəs] [`kɑrdnəlz] 聖路易紅雀

西區

Arizona Diamondbacks (ARI)
[ˏɛrəˋzonə] [ˋdaɪməndˏbæks] 亞利桑那響尾蛇

Colorado Rockies (COL) [ˏkɑləˋrɑdo] [ˋrɑkiz] 科羅拉多落磯

Los Angeles Dodgers (LAD) [lɔsˋændʒələs] [ˋdɑdʒɚz] 洛杉磯道奇

San Diego Padres (SD) [ˏsændiˋego] [ˋpɑdrez] 聖地牙哥教士

San Francisco Giants (SF)
[ˏsænfrənˋsɪsko] [ˋdʒaɪənts] 舊金山巨人

美國聯盟

東區

Baltimore Orioles (BAL) [ˋbɔltəˏmɔr] [ˋoriˏolz]
巴爾的摩金鶯

Boston Red Sox (BOS) [ˋbɔstən] [rɛd] [sɑks]
波士頓紅襪

New York Yankees (NYY) [nu] [jɔrk] [ˋjæŋkiz]
紐約洋基

Tampa Bay Rays (TB) [ˋtæmpə] [be] [rez]
坦帕灣光芒

Toronto Blue Jays (TOR)
[təˋrɑnto] [blu] [dʒez] 多倫多藍鳥

中區

Chicago White Sox (CWS)
[ʃəˋkɑgo] [waɪt] [sɑks] 芝加哥白襪

Cleveland Indians (CLE)
[ˋklivlənd] [ˋɪndiənz]
克里夫蘭印地安人

Detroit Tigers (DET)
[dɪˋtrɔɪt] [ˋtaɪgɚz] 底特律老虎

Kansas City Royals (KC)
[ˋkænzəs] [ˋsɪti] [ˋrɔɪəlz]
堪薩斯皇家

Minnesota Twins (MIN)
[ˏmɪnəˋsotə] [twɪnz] 明尼蘇達雙城

西區

Houston Astros (HOU) [ˋhjustən] [ˋæstroz] 休士頓太空人

Los Angeles Angels of Anaheim (LAA)

[lɔsˋændʒələs] [ˋendʒəlz] [ˋænəˏhaɪm] 洛杉磯安那罕天使

Oakland Athletics (OAK)

[ˋoklənd] [æθˋlɛtɪks] 奧克蘭運動家

Seattle Mariners (SEA) [siˋætl̩] [ˋmɛrənəz] 西雅圖水手

Texas Rangers (TEX) [ˋtɛksəs] [ˋrendʒəz] 德州遊騎兵

Baseball
棒球

MLB Players
MLB 球員

最佳球員

Albert Pujols
亞伯特・普荷斯

Alex Rodriguez (A-Rod)
艾力士・羅德里奎茲

Barry Bonds
貝瑞・邦茲

Bryce Harper
布萊斯・哈波

Clayton Kershaw
克萊頓・克蕭

David Ortiz
大衛・歐提茲

Derek Jeter
德瑞克・基特

Greg Maddux
葛瑞格・麥達克斯

Ichiro Suzuki
鈴木一朗

Jon Lester
喬恩・萊斯特

Justin Verlander
賈斯丁・韋蘭德

Ken Griffey, Jr.
肯・小葛瑞菲

Mariano Rivera
馬里安諾・李維拉

Miguel Cabrera
米格爾・卡布瑞拉

Mike Trout
麥可・楚奧特

Pedro Martinez
佩卓・馬丁尼茲

Randy Johnson
蘭迪・強森

Roy Halladay
洛伊・哈勒戴

Tim Lincecum
提姆・林斯肯

Tom Glavine
湯姆・葛拉文

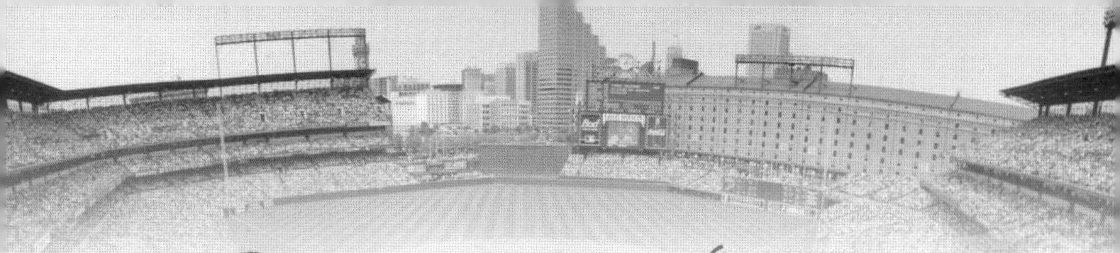

傳奇球星

Babe Ruth
貝比・魯斯（綽號「棒球之神」）

Cy Young 賽・揚

Hank Aaron 漢克・阿倫

Honus Wagner
何那斯・華格納（綽號「飛行荷蘭人」）

Jackie Robinson 傑基・羅賓森

Joe DiMaggio
喬・迪馬喬（綽號「搖擺喬」、「洋基快艇」）

Lou Gehrig 盧・賈里格

Mickey Mantle 米奇・曼托

Nolan Ryan 諾蘭・萊恩（綽號「萊恩特快車」）

Roberto Clemente 羅伯托・克萊門特

Stan Musial 斯坦・穆休

Ted Williams 泰德・威廉斯

Ty Cobb 泰・柯布

Walter Johnson 華特・強森

Willie Mays 威利・梅斯

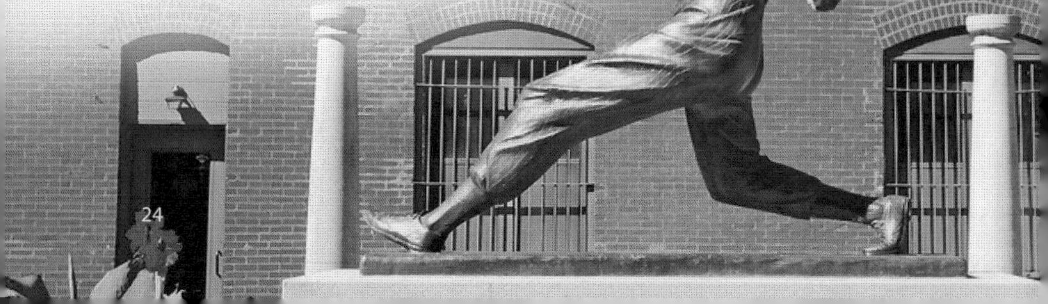

棒球主要獎項

Batting Champion [ˋbætɪŋ] [ˋtʃæmpiən] 打擊王

Cy Young Award [ˋsaɪˋjʌŋ] [əˋwɔrd] 賽揚獎

Defensive Player of the Year [dɪˋfɛnsɪv] [ˋpleɚ] 年度最佳防守球員

Gold Glove [gold] [glʌv] 金手套獎

Manager of the Year [ˋmænɪdʒɚ] 年度最佳教練

MVP (Most Valuable Player) [ˋvæljəbəl] 最有價值球員

Pitching Champion [ˋpɪtʃɪŋ] 最佳投手

Platinum Glove [ˋplætnəm] 白金手套獎

ROY (Rookie of the Year) [ˋruki] 年度最佳新人獎

Silver Slugger [ˋsɪlvɚ] [ˋslʌgɚ] 銀棒獎

Baseball 棒球

Stadiums 球場

球隊主場

PLAY ALL
TRACK 06

Alameda Coliseum [ˏælə`midə] [ˏkɑlə`siəm]
阿拉米達競技場（奧克蘭運動家）

Angel Stadium of Anaheim [ˋendʒəl] [ˋstediəm]
[ˋænəˏhaɪm] 安那罕天使球場（洛杉磯安那罕天使）

AT&T Park AT&T 球場（舊金山巨人）

Busch Stadium [bʊʃ] 布希體育場
（聖路易紅雀）

Chase Field [tʃes] [fild] 大通球場
（亞利桑那響尾蛇）

CITI Field [ˋsɪti] 花旗球場（紐約大都會）

Citizens Bank Park [ˋsɪtəzənz] [bæŋk]
市民銀行球場（費城費城人）

Comerica Park
[ko`mɛrəkə] 聯信球場（底特律老虎）

Coors Field
[kʊrz] 庫爾斯球場（科羅拉多落磯）

Dodger Stadium [ˋdɑdʒɚ] 道奇體育場（洛杉磯道奇）

Fenway Park [ˋfɛnˋwe] 芬威球場（波士頓紅襪）

Globe Life Park in Arlington
[glob] [laɪf] [ˋɑrlɪŋtən] 阿靈頓棒球場（德州遊騎兵）

Great American Ball Park
[gret] [əˋmɛrəkən] [bɔl] 大美國球場（辛辛那提紅人）

Kauffman Stadium
[ˋkɔfmən] 考夫曼體育場（堪薩斯皇家）

Marlins Park
[ˋmɑrlənz] 馬林魚棒球場（邁阿密馬林魚）

Miller Park
[ˋmɪlɚ] 米勒球場（密爾瓦基釀酒人）

Minute Maid Park [ˋmɪnət] [med]
美粒果公園球場（休士頓太空人）

球隊主場

Nationals Park [ˋnæʃnəlz]
國民公園球場（華盛頓國民）

Oriole Park at Camden Yards
[ˋɔri͵ol] [ˋkæmdən] [jɑrdz]
金鷹公園（巴爾的摩金鷹）

Petco Park [ˋpɛt͵ko]
沛可球場（聖地牙哥教士）

PNC Park PNC 球場（匹茲堡海盜）

Progressive Field
[prəˋgrɛsɪv] 進步球場（克里夫蘭印地安人）

Rogers Centre [ˋrɑdʒɚz] [ˋsɛntɚ] 羅傑斯中心
（多倫多藍鳥，唯一的非美國本土球場）

Safeco Field [ˋsefˏko] 薩菲柯球場（西雅圖水手）

Target Field [ˋtɑrgət] 標靶球場（明尼蘇達雙城）

Tropicana Field [ˋtrɑpɪˋkænə]
純品康納球場(坦帕灣光芒，僅存唯一的室內球場)

Turner Field [ˋtɝnɚ] 透納球場（亞特蘭大勇士）

U.S. Cellular Field [ˋsɛljələ]
美國行動通訊球場（芝加哥白襪，現更名為 Guaranteed Rate Field「保證率球場」。）

Wrigley Field
[ˋrɪgli] 瑞格利球場（芝加哥小熊隊）

Yankee Stadium [ˋjæŋki] [ˋstediəm]
新洋基體育場（紐約洋基）

Baseball
棒球

Baseball Diamond
棒球場

點選圖上文字
可聽取發音

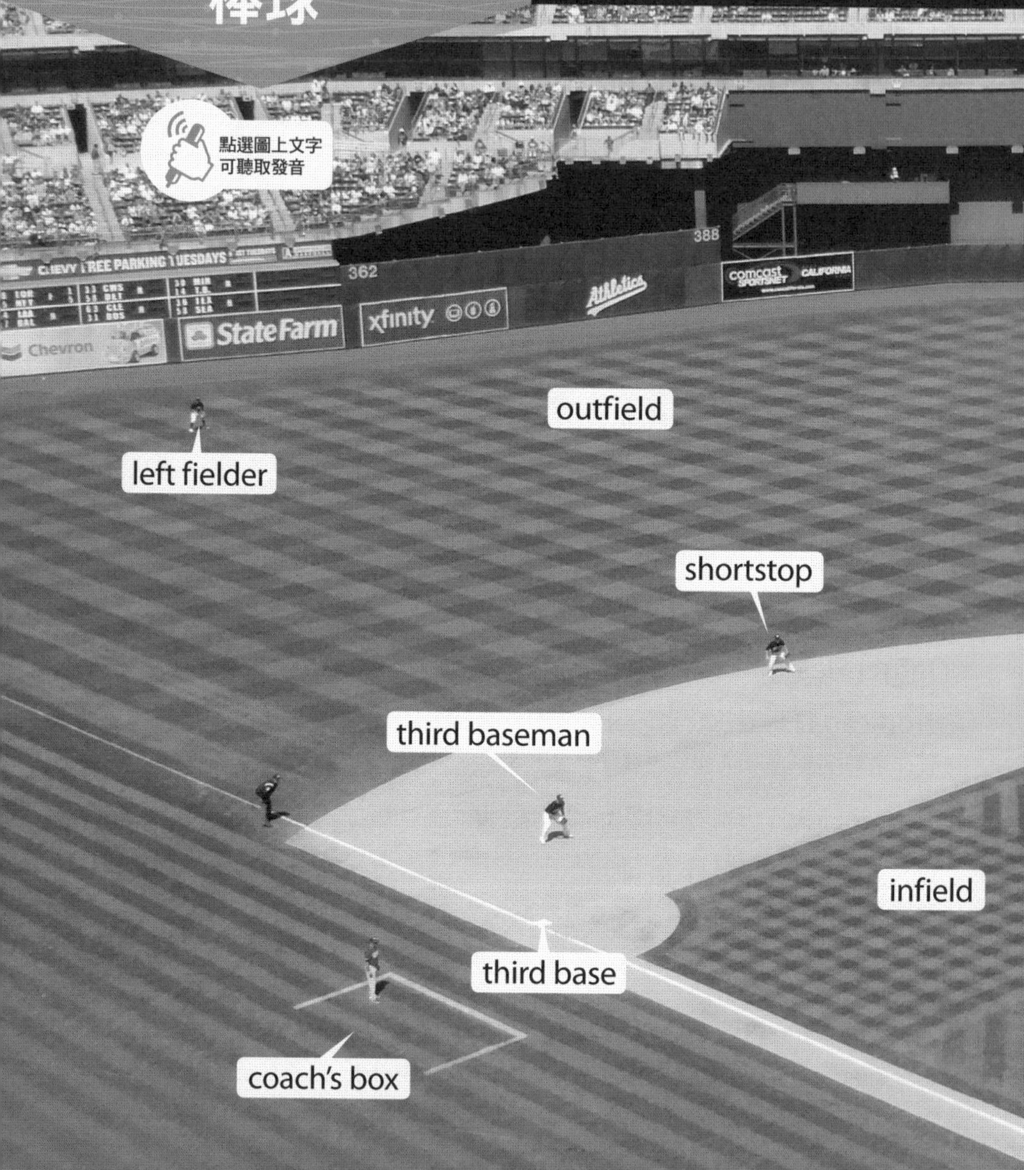

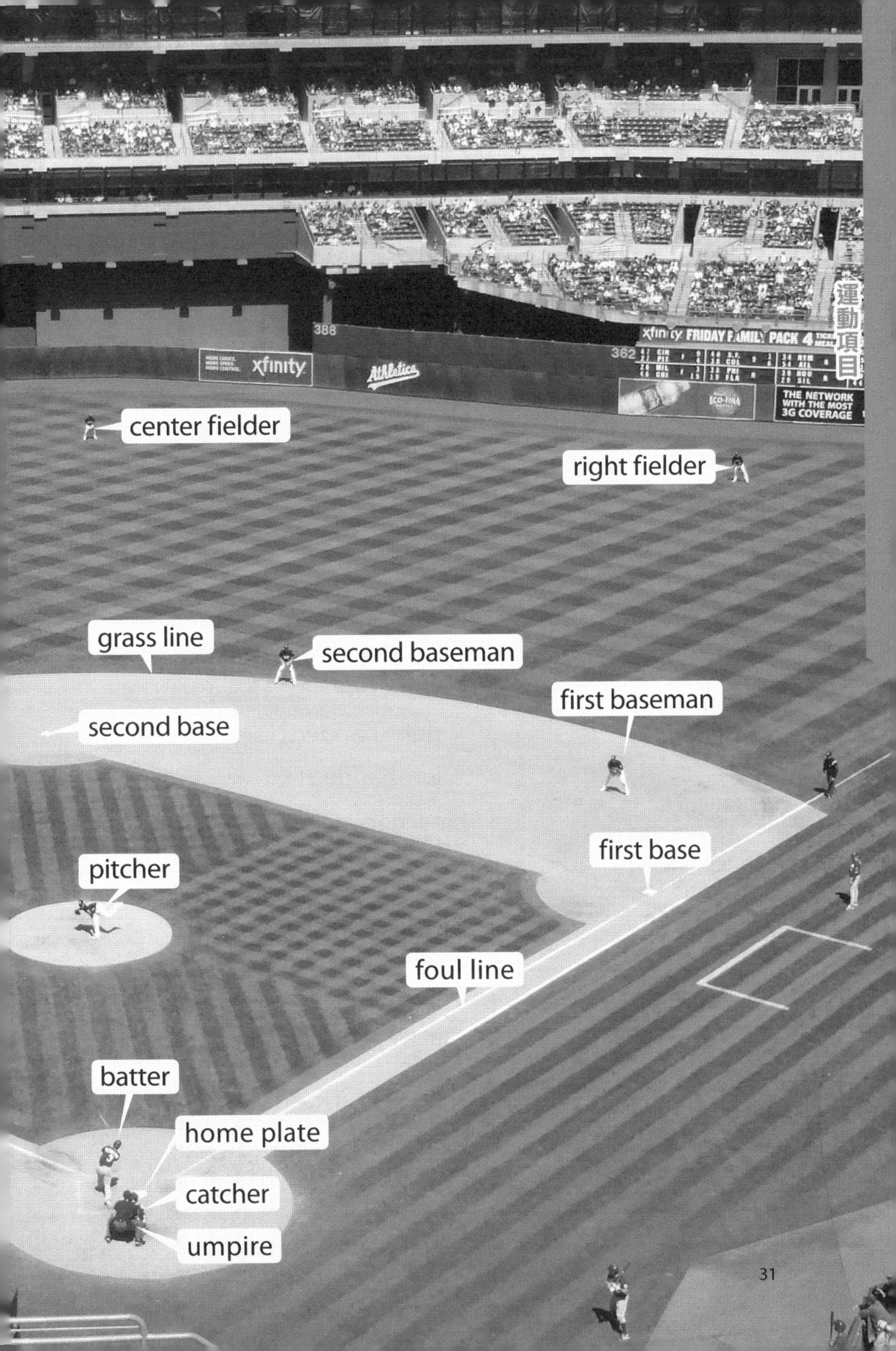

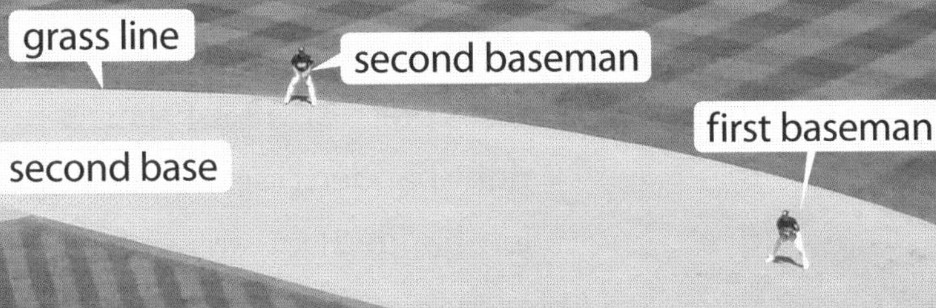

388
xfinity
Athletics
362
xfinity FRIDAY FAMILY PACK 4
THE NETWORK WITH THE MOST 3G COVERAGE
center fielder
right fielder
grass line
second baseman
first baseman
second base
pitcher
first base
foul line
batter
home plate
catcher
umpire

運動項目

棒球守備位置

base [bes] 壘

- first base 一壘
- second base 二壘
- third base 三壘
- home plate 本壘

base path [pæθ] 跑壘道

batter [ˋbætɚ] 打擊手

batter's box [ˋbætɚz] [bɑks] 打擊位置

- right-handed [ˋraɪtˋhændəd] 右打者
- left-handed [ˋlɛftˋhændəd] 左打者

bleachers [ˋblitʃɚz] 外野露天看台

catcher (C) [ˋkætʃɚ] 捕手

catcher's box 捕手區

center fielder (CF)
[ˋsɛntɚ] [ˋfildɚ] 中堅手

coach's box [ˋkotʃɪz] 指導區

designated hitter (DH)
[ˋdɛzɪgˏnetɪd] [ˋhɪtɚ] 指定打擊

dugout [ˋdʌgˏaʊt] 球員休息區

first baseman (1B) [fɝst] [ˋbesmən] 一壘手

foul line [faʊl] [laɪn] 界外線；邊線

grass line [græs] 內外野線；草地線

infield [ˋɪnˏfild] 內野

left fielder (LF) [lɛft] [ˋfildɚ]
左外野手

manager [ˋmænɪdʒɚ] 經理

on-deck circle
[ˋɑnˋdɛk] [ˋsɝkəl] 擊球員準備區

outfield [ˋaʊtˏfild] 外野

outfielder (OF) [ˋaʊtˏfildɚ] 外野手

pinch hitter [pɪntʃ] [ˋhɪtɚ] 代打

pinch runner [ˋrʌnɚ] 代跑

棒球守備位置

pitcher (P) [ˋpɪtʃɚ] 投手

- relief pitcher [rɪˋlif] 後援投手（也稱 reliever [rɪˋlivɚ]）
- setup man [ˋsɛt͵ʌp] 中繼投手
- starting pitcher [ˋstɑrtɪŋ] 先發投手

pitcher's mound [ˋpɪtʃɚz] [maʊnd] 投手丘

pitcher's plate [plet] 投手板

right fielder (RF) [raɪt] [ˋfildɚ] 右外野手

second baseman (2B) [ˋsɛkənd] 二壘手

shortstop (SS) [ˋʃɔrt͵stɑp] 游擊手

third baseman (3B) [θɝd] 三壘手

umpire [ˋʌm͵paɪr] 裁判

棒球術語

ball [bɔl] 壞球

batting order [ˋbætɪŋ] [ˋɔrdɚ] 打擊順序

bunt [bʌnt] 觸擊；短打

double play
[ˋdʌbəl] [ple] 雙殺

error [ˋɛrɚ] 失誤

fly out [flaɪ] [aʊt] 高飛球出局

force-out [ˋfɔrs͵aʊt] 封殺出局

foul ball [faʊl] 界外球

foul tip [tɪp] 擦棒被捕球

ground out [graʊnd] 滾地球出局

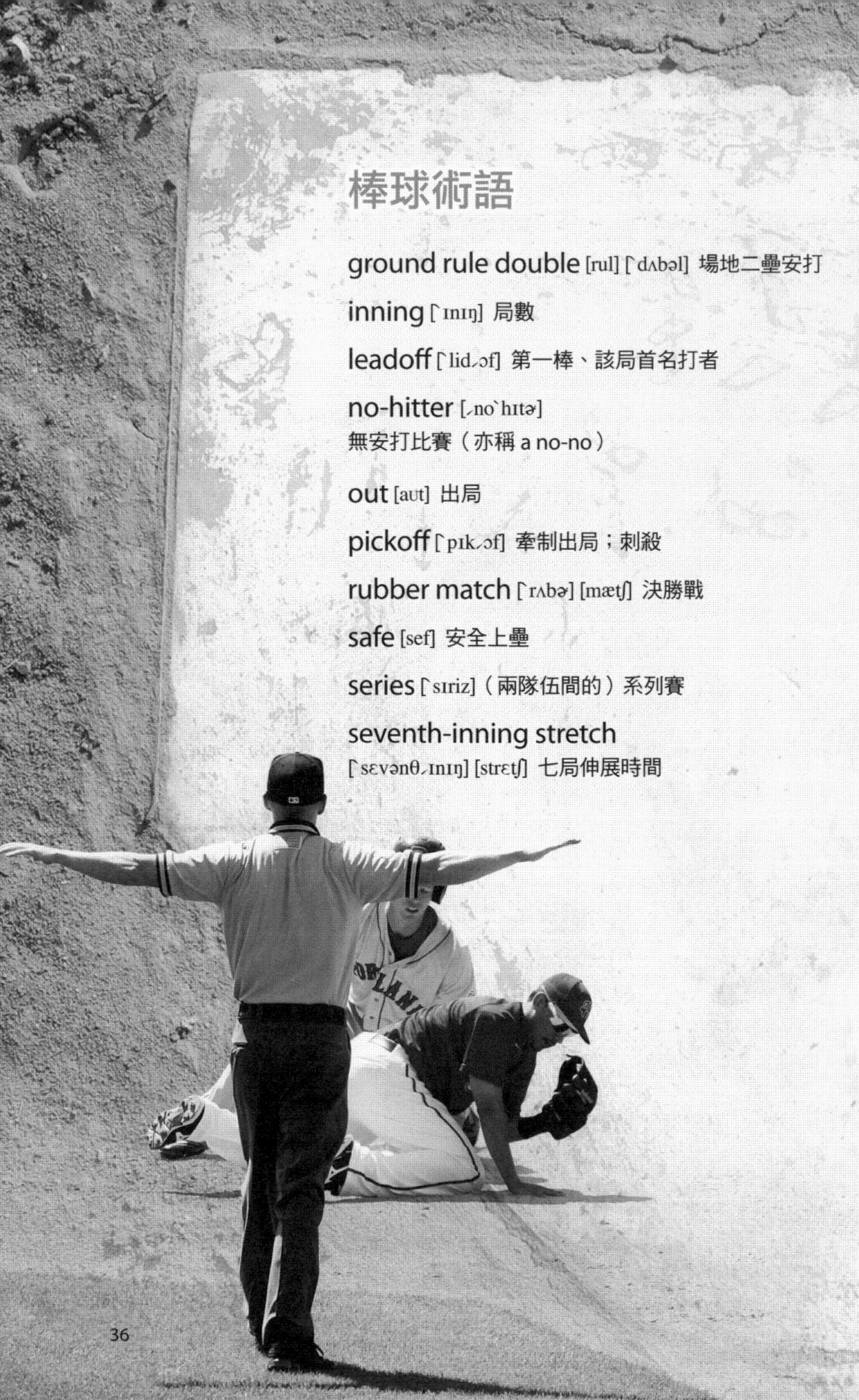

棒球術語

ground rule double [rul] [ˋdʌbəl] 場地二壘安打

inning [ˋɪnɪŋ] 局數

leadoff [ˋlid͵ɔf] 第一棒、該局首名打者

no-hitter [͵noˋhɪtɚ]
無安打比賽（亦稱 a no-no）

out [aʊt] 出局

pickoff [ˋpɪk͵ɔf] 牽制出局；刺殺

rubber match [ˋrʌbɚ] [mætʃ] 決勝戰

safe [sef] 安全上壘

series [ˋsɪriz]（兩隊伍間的）系列賽

seventh-inning stretch
[ˋsɛvənθ͵ɪnɪŋ] [strɛtʃ] 七局伸展時間

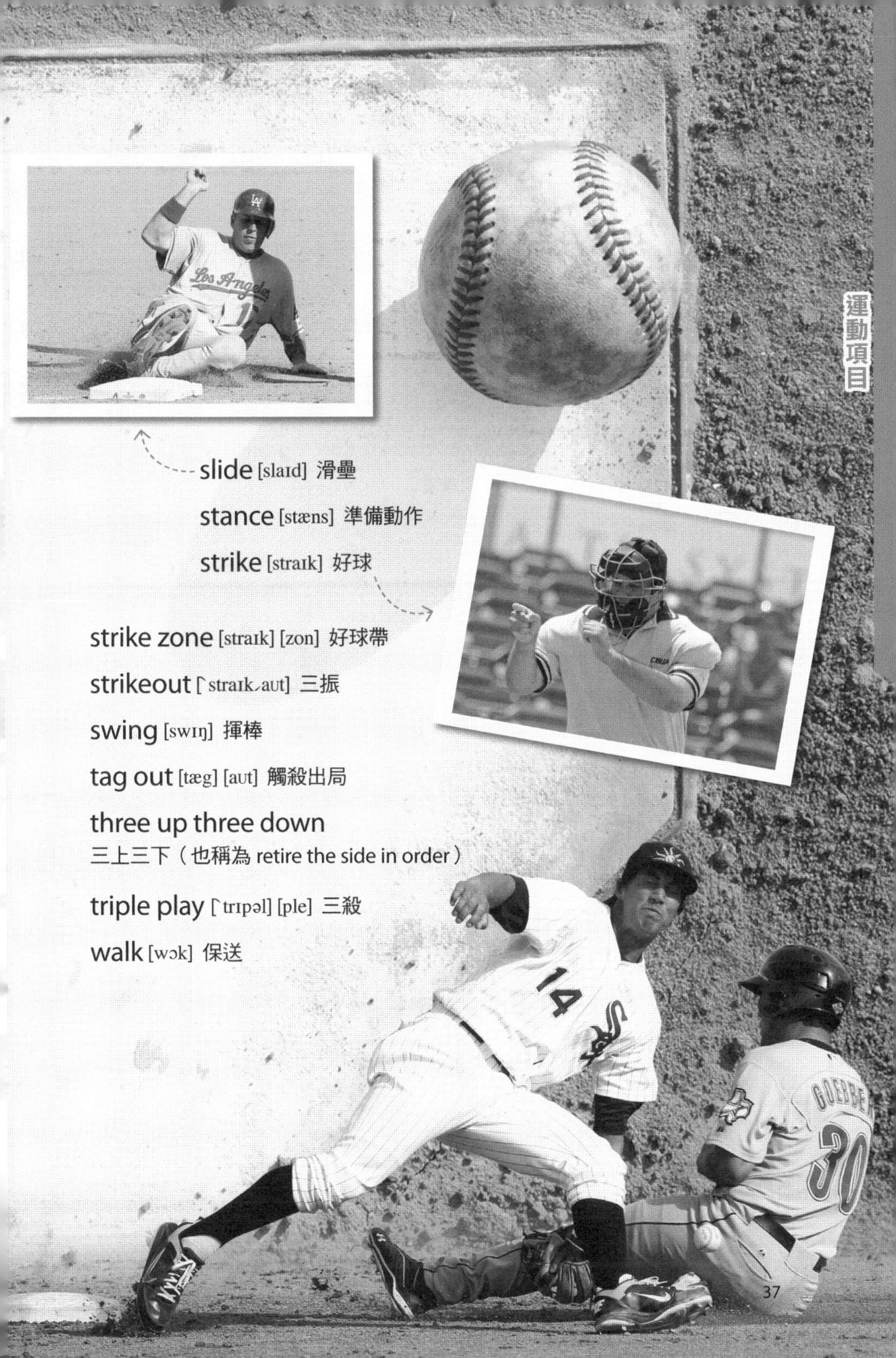

slide [slaɪd] 滑壘

stance [stæns] 準備動作

strike [straɪk] 好球

strike zone [straɪk] [zon] 好球帶

strikeout [ˋstraɪkˏaut] 三振

swing [swɪŋ] 揮棒

tag out [tæg] [aʊt] 觸殺出局

three up three down
三上三下（也稱為 retire the side in order）

triple play [ˋtrɪpəl] [ple] 三殺

walk [wɔk] 保送

棒球統計數據

打擊數據

at bat (AB) [bæt] 打數

batting average (BA) 打擊率

hit (H) [hɪt] 安打

- single [ˋsɪŋgəl] 一壘安打
- double [ˋdʌbəl] 二壘安打
- triple [ˋtrɪpəl] 三壘安打

hit by pitch (HBP) 觸身球

home run / homer (HR)
[hom] [ˋhoṃɚ] 全壘打（HR 全壘打數）

- grand slam [grænd] [slæm] 大滿貫全壘打
- solo home run [ˋsolo] 陽春全壘打
- walk off home run 再見全壘打

on base percentage (OBP)
[pɚˋsɛntɪdʒ] 上壘率

runs batted in (RBI) 打點

投手數據

balk (BK) [bɔk] 投手犯規（數）

base on balls (BB) [bes] 四壞球

complete game (CG) [kəm`plit] [gem] 完投

count [kaʊnt] 球數

- ahead in the count [ə`hɛd] 球數超前
- behind in the count [bɪ`haɪnd] 球數落後

earned run average (ERA) [ɝnd] [`ævrɪdʒ]
防禦率；自責分率

intentional walk [ɪn`tɛntʃnəl] [wɔk] 故意四壞球（故意保送打者）

on base against (OBA) 被上壘率

pitch count (P/PC) 投球數

walks and hits per inning pitched (WHIP) 每局被上壘率

wild pitch [waɪld] 暴投

Baseball
棒球

Types of Pitches
投球種類

球種介紹

breaking ball [ˋbrekɪŋ] 變化球

changeup [ˋtʃendʒ͵ʌp] 變速球

curveball [ˋkɝv͵bɔl] 曲球

fastball [ˋfæst͵bɔl] 快速球；直球

knuckleball [ˋnʌkəl͵bɔl] 彈指球；蝴蝶球

screwball [ˋskru͵bɔl] 螺旋球

sinker [ˋsɪŋkɚ] 伸卡球

slider [ˋslaɪdɚ] 滑球

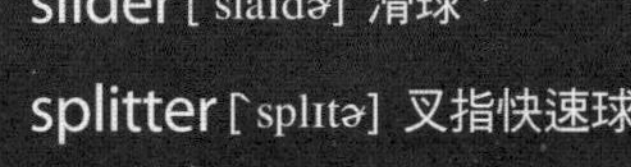

splitter [ˋsplɪtɚ] 叉指快速球

棒球其他相關用語

5-tool player [ˋfaɪv͵tul] [ˋpleɚ] 五拍子球員
（長打、打擊率、臂力、守備及跑壘等五項能力均有相當水準的野手）

All-Star Game [ˋɔl͵stɑr] [gem] 全明星賽

Baseball Almanac [ˋbes͵bɔl] [ˋɔlmə͵næk] 棒球年鑑

Baseball Hall of Fame [hɔl] [fem] 棒球名人堂

Big Leagues [bɪg] [ligz] 大聯盟

Commissioner's Trophy
[kəˋmɪʃənɚz] [ˋtrofi] 世界大賽冠軍盃；聯盟主席獎盃

farm team/system [fɑrm] [tim] 小聯盟（也稱為 minor league [ˋmaɪnɚ]）

Home Run Derby [hom] [rʌn] [ˋdɝbi] 美國職棒大聯盟全壘打大賽

off-season [ˋɔf͵sizn̩] 非球季；球季結束期間

opening day [ˋopnɪŋ] 開幕日；開幕賽

playoffs [ˋple͵ɔfs] 季後賽

roster [ˋrɑstɚ] 運動員名冊；名單

spring training [sprɪŋ] [ˋtrenɪŋ] 春訓

Tommy John surgery [ˋtɑmi] [dʒɑn] [ˋsɝdʒri]
韌帶重建手術（Tommy John 是首位成功進行這項手術的職業運動員）

wild card [waɪld] [kɑrd] 外卡

World Series title
[wɝld] [ˋsɪriz] [ˋtaɪtl̩] 世界大賽冠軍

Basketball 籃球

Team Map
NBA 球隊分布圖

點選圖上文字
可聽取發音

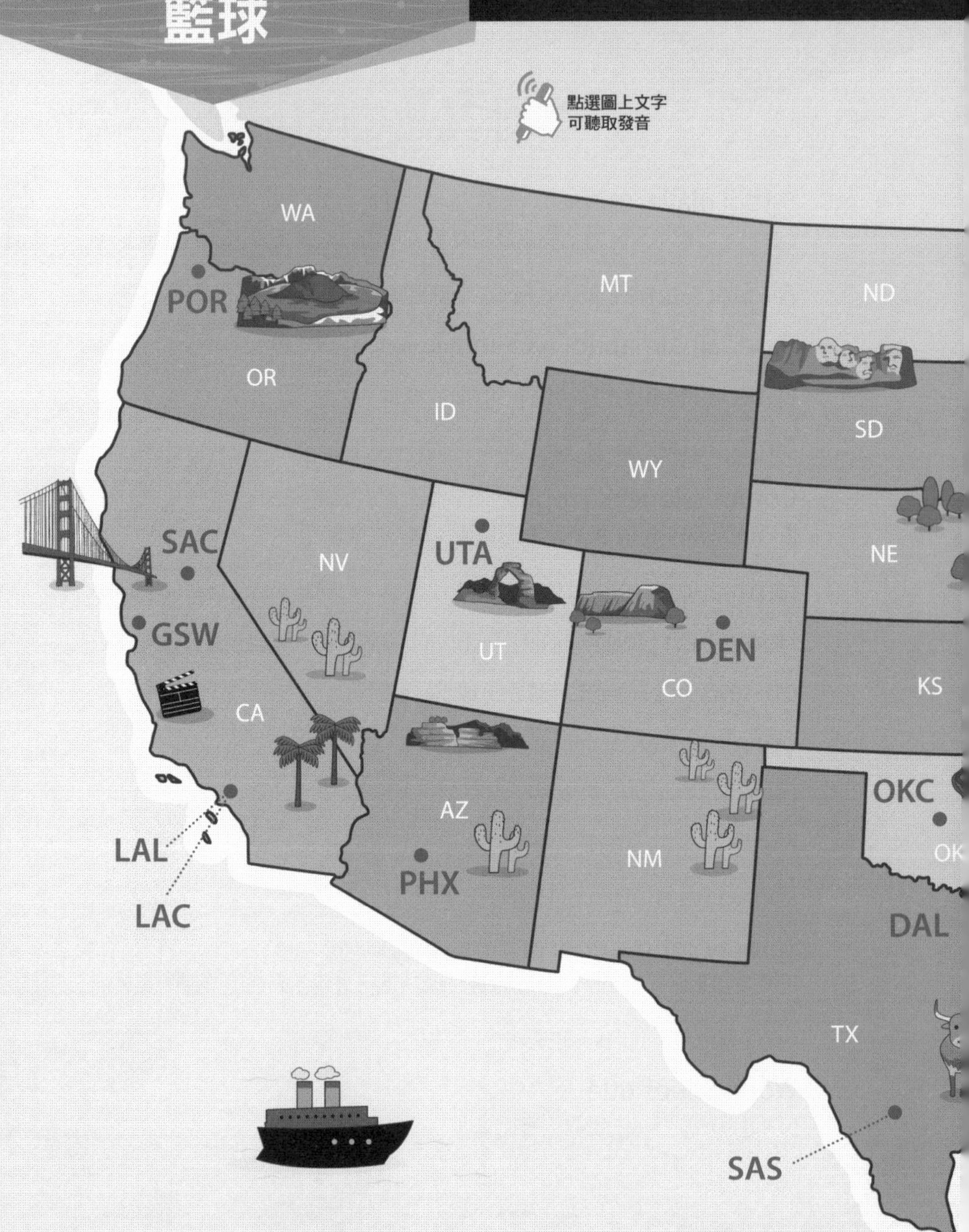

● 西區聯盟 ● 東區聯盟

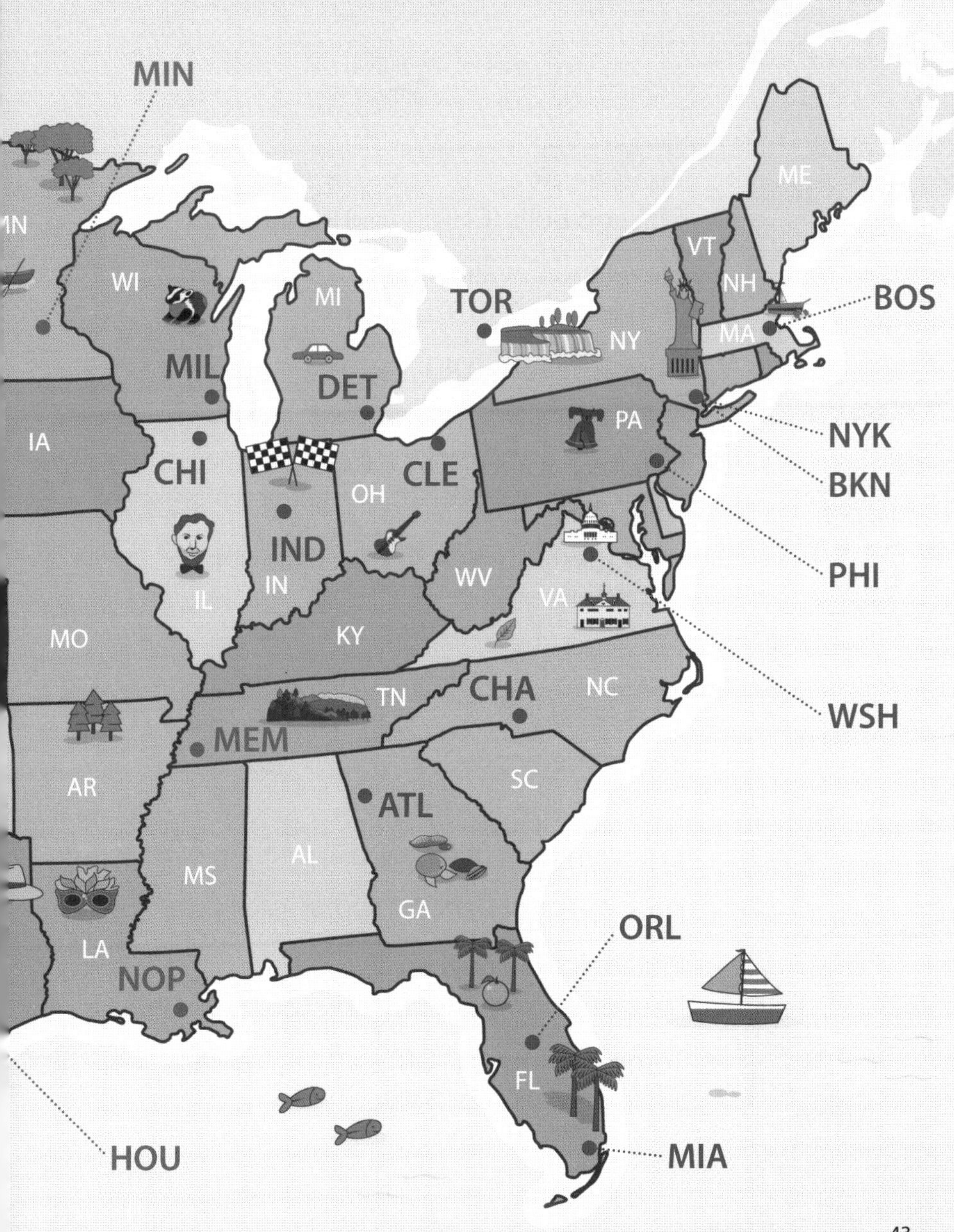
MIN
WI
MIL
MI
DET
TOR
NY
ME
VT
NH
MA
BOS
NYK
BKN
PA
IA
CHI
IL
IND
IN
OH
CLE
WV
VA
PHI
KY
MO
TN
MEM
CHA
NC
WSH
AR
SC
ATL
AL
MS
GA
LA
NOP
ORL
FL
MIA
HOU

Basketball
籃球

NBA Teams
NBA 球隊名稱

東區聯盟

中央組

Chicago Bulls (CHI) [ʃəˋkɑgo] [bʊlz] 芝加哥公牛

Cleveland Cavaliers (CLE)
[ˋklivlənd] [ˏkævəˋlɪrz] 克里夫蘭騎士

Detroit Pistons (DET)
[dɪˋtrɔɪt] [ˋpɪstənz] 底特律活塞

Indiana Pacers (IND) [ˏɪndiˋænə] [ˋpesɚz]
印地安那溜馬

Milwaukee Bucks (MIL) [mɪlˋwɔki] [bʌks]
密爾瓦基公鹿

大西洋組

Boston Celtics (BOS)
[ˋbɔstən] [ˋsɛltɪks] 波士頓塞爾蒂克

Brooklyn Nets (BKN) [ˋbrʊklən] [nɛts] 布魯克林籃網

New York Knicks (NYK) [nu] [jɔrk] [nɪks] 紐約尼克

Philadelphia 76ers (PHI)
[ˏfɪləˋdɛlfjə] [ˏsɛvəntiˋsɪksɚz] 費城七六人

Toronto Raptors (TOR)
[təˋrɑnto] [ˋræptɚz] 多倫多暴龍

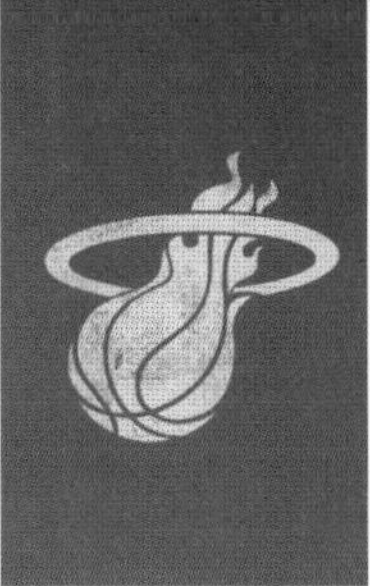

東南組

Atlanta Hawks (ATL) [ət`læntə] [hɔks] 亞特蘭大老鷹

Charlotte Hornets (CHA) [`ʃɑrlət] [`hɔrnəts] 夏洛特黃蜂

Miami Heat (MIA) [maɪ`æmi] [hit] 邁阿密熱火

Orlando Magic (ORL) [ɔr`lændo] [`mædʒɪk] 奧蘭多魔術

Washington Wizards (WSH) [`wɔʃɪŋtən] [`wɪzədz] 華盛頓巫師

西區聯盟

西北組

Denver Nuggets (DEN) [ˋdɛnvɚ] [ˋnʌgəts] 丹佛金塊

Minnesota Timberwolves (MIN)
[͵mɪnəˋsotə] [ˋtɪmbɚ͵wʊlvz] 明尼蘇達灰狼

Oklahoma City Thunder (OKC)
[͵okləˋhomə] [ˋsɪti] [ˋθʌndɚ] 奧克拉荷馬城雷霆◀

Portland Trail Blazers (POR)
[ˋpɔrtlənd] [trel] [ˋblezɚz] 波特蘭拓荒者

Utah Jazz (UTA) [ˋju͵tɑ] [dʒæz] 猶他爵士

◀奧克拉荷馬雖位於美國中南部，但球隊前身為西雅圖超音速隊（Seattle SuperSonics），因此在分區上沿用原球隊所屬的西北組。

太平洋組

Golden State Warriors (GSW)
[ˋgoldən] [stet] [ˋwɔriɚz] 金州勇士

Los Angeles Clippers (LAC)
[lɔsˋændʒələs] [ˋklɪpɚz] 洛杉磯快艇

Los Angeles Lakers (LAL) [ˋlekɚz] 洛杉磯湖人

Phoenix Suns (PHX) [ˋfinɪks] [sʌnz] 鳳凰城太陽

Sacramento Kings (SAC)
[͵sækrəˋmɛnto] [kɪŋz] 沙加緬度國王

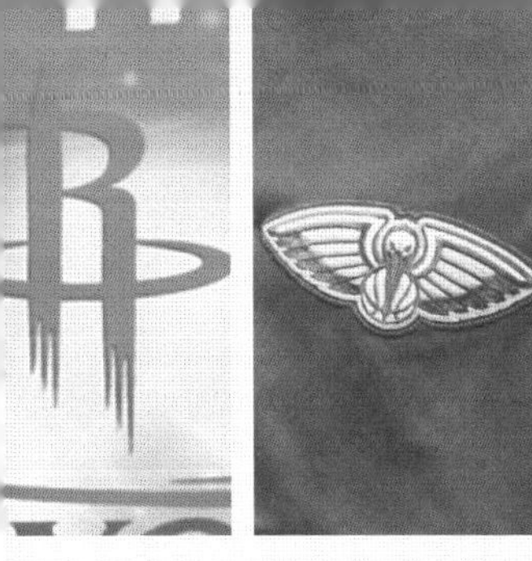

西南組

Houston Rockets (HOU) [ˋhjustən] [ˋrɑkəts] 休士頓火箭

New Orleans Pelicans (NOP)
[nu] [ˋɔrliənz] [ˋpɛlɪkənz] 紐奧良鵜鶘

Dallas Mavericks (DAL) [ˋdæləs] [ˋmævrɪks] 達拉斯小牛

Memphis Grizzlies (MEM) [ˋmɛmfəs] [ˋgrɪzliz] 曼菲斯灰熊

San Antonio Spurs (SAS) [ˏsænənˋtoniˏo] [spɜz] 聖安東尼奧馬刺

NBA Players
NBA 球員

NBA 現役最佳球員

Andre Iguodala (Iggy)
安卓・伊古達拉

Anthony Davis
安東尼・戴維斯

Carmelo Anthony
(Melo) 卡梅羅・安東尼

Chris Paul (CP3)
克里斯・保羅

DeMar DeRozan
德瑪爾・德羅贊

DeMarcus Cousins
(Boogie) 德馬庫斯・考辛斯

Dirk Nowitzki
德克・諾威斯基

Draymond Green
卓雷蒙・格林

Dwyane Wade
德韋恩・韋德

Giannis Antetokounmpo
揚尼斯 ・ 安戴托昆波（字母哥）

Isaiah Thomas
以賽亞・托馬斯

James Harden
詹姆士・哈登

Jimmy Butler
吉米・巴特勒

John Wall
約翰・沃爾

Kawhi Leonard
科懷・倫納德

Kevin Durant (KD)
凱文・杜藍特

Klay Thompson
克萊・湯普森

Kyle Lowry
凱爾・洛瑞

Kyrie Irving
凱里・厄文

LeBron James (LBJ, The King) 雷霸龍・詹姆士

Paul George
保羅・喬治

Russell Westbrook
羅素・維斯布魯克

Stephen Curry
史蒂芬・柯瑞

NBA 史上傑出球員

PLAY ALL TRACK 15

Allen Iverson 艾倫・艾佛森

Bill Russell 比爾・羅素

Charles Barkley 查爾斯・巴克利

Hakeem Olajuwon (Hakeem the Dream)
哈基姆・歐拉朱萬

Kareem Abdul-Jabbar 卡里姆 ・ 阿布都賈霸

Karl Malone 卡爾・馬龍

Kevin Garnett 凱文・賈奈特

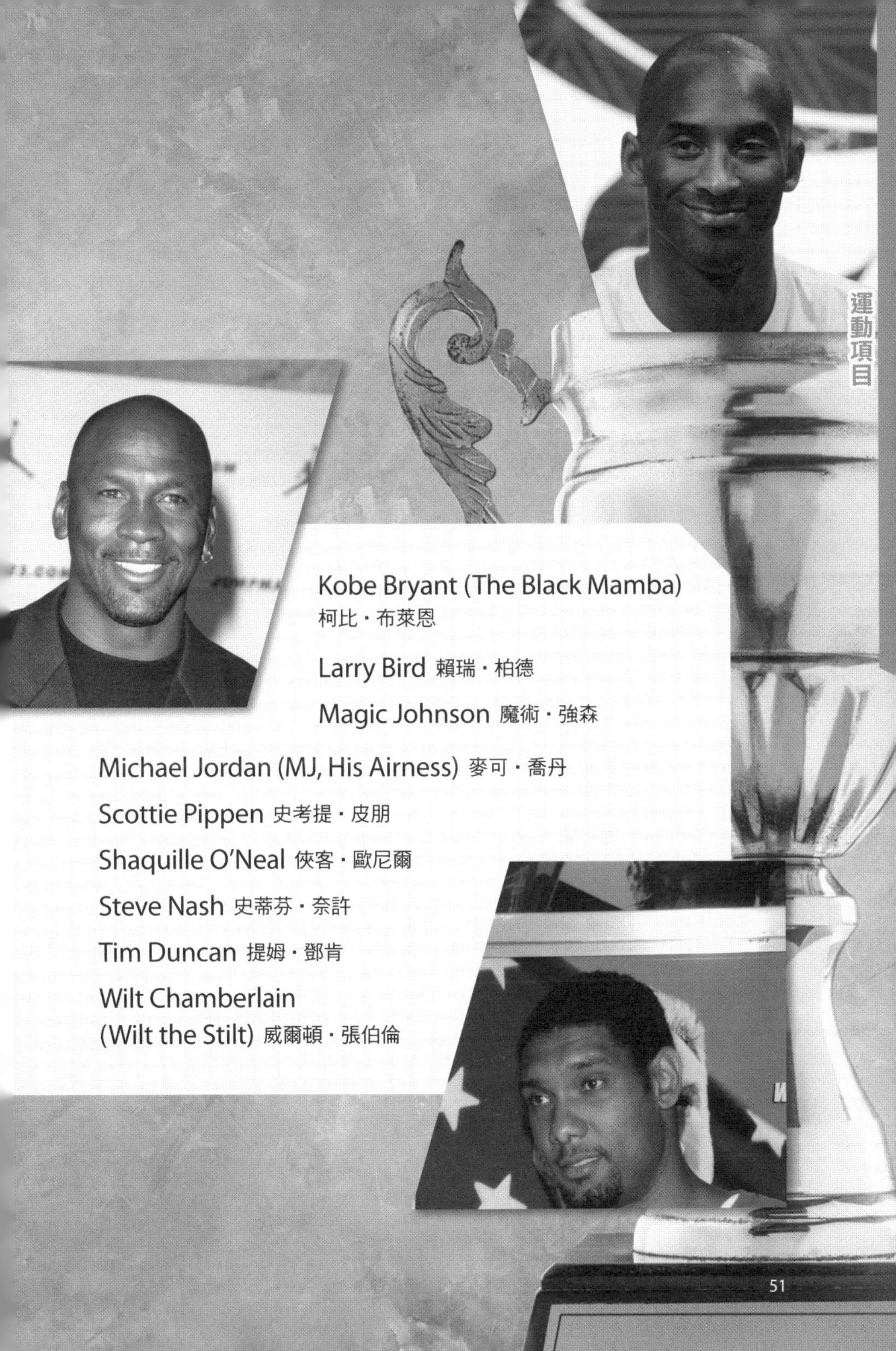

Kobe Bryant (The Black Mamba)
柯比・布萊恩

Larry Bird 賴瑞・柏德

Magic Johnson 魔術・強森

Michael Jordan (MJ, His Airness) 麥可・喬丹

Scottie Pippen 史考提・皮朋

Shaquille O'Neal 俠客・歐尼爾

Steve Nash 史蒂芬・奈許

Tim Duncan 提姆・鄧肯

Wilt Chamberlain
(Wilt the Stilt) 威爾頓・張伯倫

Basketball 籃球

Arenas 球場

Air Canada Centre [ɛr] [ˋkænədə] [ˋsɛntɚ]
加拿大航空中心（多倫多暴龍）

American Airlines Arena [əˋmɛrəkən] [ˋɛr͵laɪnz] [əˋrinə] 美國航空球場（邁阿密熱火）

American Airlines Center 美國航空中心（達拉斯小牛）

Amway Center
[ˋæmwe] 安麗中心（奧蘭多魔術）

AT&T Center [͵etiənˋti]
AT&T 聯合中心（聖安東尼奧馬刺）

Bankers Life Fieldhouse [ˋbæŋkɚz] [laɪf] [ˋfild͵haʊs]
班克斯人壽球館（印第安那溜馬）

Barclays Center [ˋbɑrkliz] 巴克萊中心（布魯克林籃網）

BMO Harris Bradley Center [ˋhærəs] [ˋbrædli]
BMO 哈里斯布萊德利中心（密爾瓦基公鹿）

Chesapeake Energy Arena
[ˋtʃɛsəˏpik] [ˋɛnədʒi]
契薩皮克能源公司球場（奧克拉荷馬雷霆）

FedExForum [ˋfɛdˋɛksˋfɔrəm]
聯邦快遞廣場（曼菲斯灰熊）

Madison Square Garden
[ˋmædəsən] [skwɛr] [ˋgɑrdn̩] 麥迪遜廣場花園（紐約尼克）

Moda Center [ˋmodɑ] 摩達中心（波特蘭拓荒者）

Oracle Arena [ˋɔrəkəl] 甲骨文體育館（金州勇士）

Pepsi Center [ˋpɛpsi] 百事中心（丹佛金塊）

Philips Arena
[ˋfɪləps] 飛利浦體育館（亞特蘭大老鷹）

Quicken Loans Arena [ˋkwɪkən] [lonz]
快貸球館（又稱 The Q）（克里夫蘭騎士）

球隊主場

Sleep Train Arena [slip] [tren]
睡眠火車球館（沙加緬度國王）

Smoothie King Center [ˋsmuðɪ] [kɪŋ]
冰沙國王中心（紐奧良鵜鶘）

Staples Center [ˋstepəlz]
史坦波中心（洛杉磯湖人、洛杉磯快艇）

Talking Stick Resort Arena
[ˋtɔkɪŋ] [stɪk] [rɪˋzɔrt]
托金斯迪克度假酒店球館（鳳凰城太陽）

Target Center [ˋtɑrgət]
標靶中心（明尼蘇達灰狼）

TD Garden [ˋgɑrdn̩]
TD 花園（波士頓塞爾提克）

The Palace of Auburn Hills
[ˋpæləs] [ˋɔbən] [hɪlz] 奧本山宮殿球場（底特律活塞）

Time Warner Cable Arena
[taɪm] [ˋwɔrnə] [ˋkebəl] 光譜中心（夏洛特黃蜂）

Toyota Center [tɔɪˋotɑ] 豐田中心（休士頓火箭）

United Center [juˋnaɪtəd]
聯合中心（芝加哥公牛）

Verizon Center [vəˋraɪzən]
威訊中心（華盛頓巫師）

Vivint Smart Home Arena
[ˋvɪvənt] [smɑrt] [hom]
生活智能家居球館（猶他爵士）

Wells Fargo Center [wɛlz] [ˋfɑrgo]
富國銀行中心（費城 76 人）

Basketball
籃球

Basketball Court
籃球場

點選圖上文字
可聽取發音

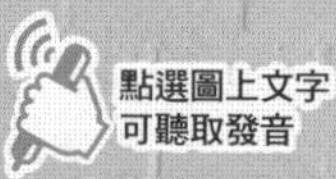

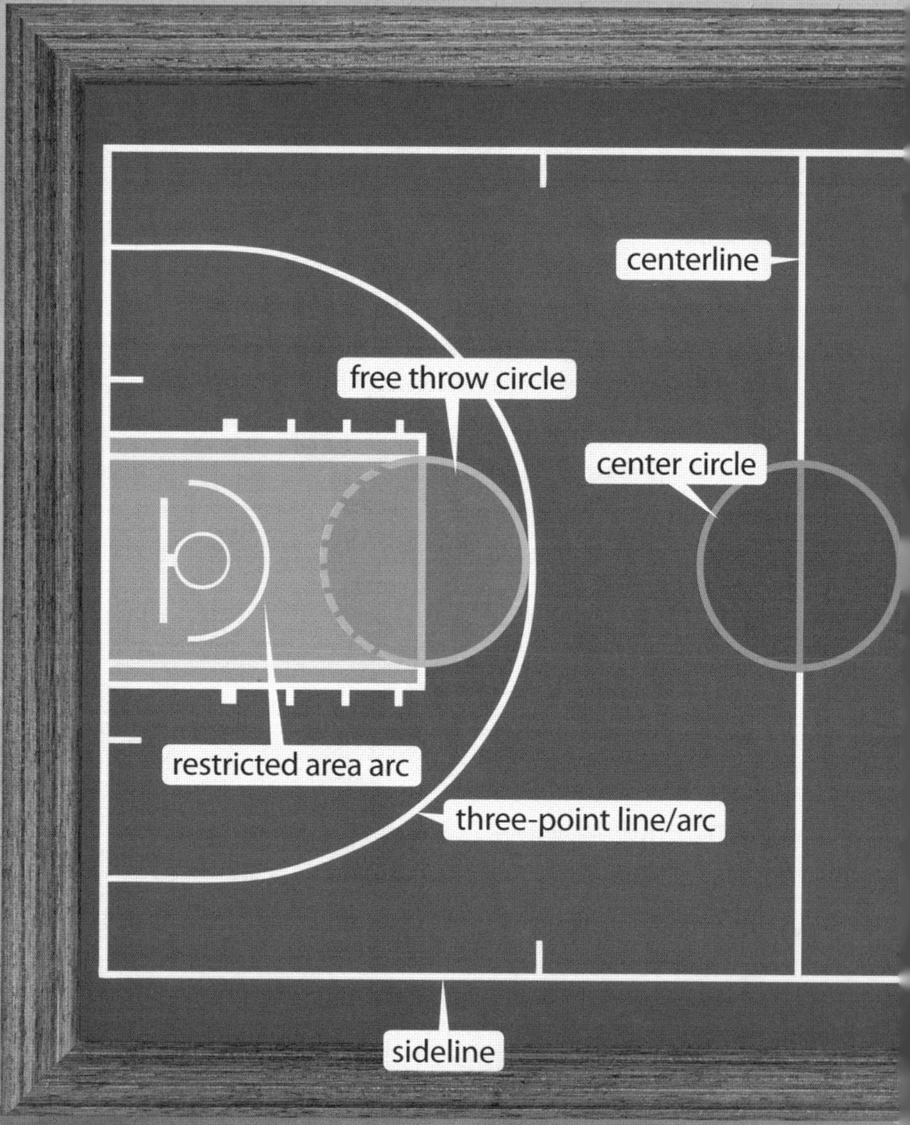

centerline
free throw circle
center circle
restricted area arc
three-point line/arc
sideline

baseline / end line
wing
free throw lane
free-throw line

籃球場地說明

PLAY ALL
TRACK 17

baseline / end line
[ˋbes͵laɪn] / [ɛnd] [laɪn] 底線

center circle [ˋsɛntɚ] [ˋsɝkəl] 中圈；跳球圈

centerline [ˋsɛntɚ͵laɪn] 中線

free throw circle [fri] [θro] 罰球圈

free throw lane [len]
禁區（也稱為 the key/paint）

free throw line 罰球線（也稱 charity stripe [ˋtʃɛrəti] [straɪp]）

frontcourt / backcourt [ˋfrʌntˋkɔrt] / [ˋbækˋkɔrt] 前 / 後場

half-court / mid court
[ˋhæfˋkɔrt] / [mɪd] 半場 / 中場

restricted area arc
[rɪˋstrɪktəd] [ˋɛriə] [ɑrk] 限制區弧線

sideline [ˋsaɪd͵laɪn] 邊線

three-point line/arc
[ˋθri͵pɔɪnt] [laɪn] 三分線

wing [wɪŋ] 側翼

Basketball 籃球

The Hoop & Positions 籃框與球員位置

籃框

backboard [ˋbæk͵bɔrd] 籃板

hoop/rim [hup] / [rɪm] 籃框

net [nɛt] 籃網

square [skwɛr] 籃板中間的方框

球員位置

point guard (PG; 1) [pɔɪnt] [gɑrd] 控球後衛（1 號位置）

shooting guard (SG; 2) [ˋʃutɪŋ] 得分後衛（2 號位置）

small forward (SF; 3) [smɔl] [ˋfɔrwəd] 小前鋒（3 號位置）

power forward (PF; 4) [ˋpaʊə] 大前鋒（4 號位置）

center (C; 5) [ˋsɛntə] 中鋒（5 號位置）

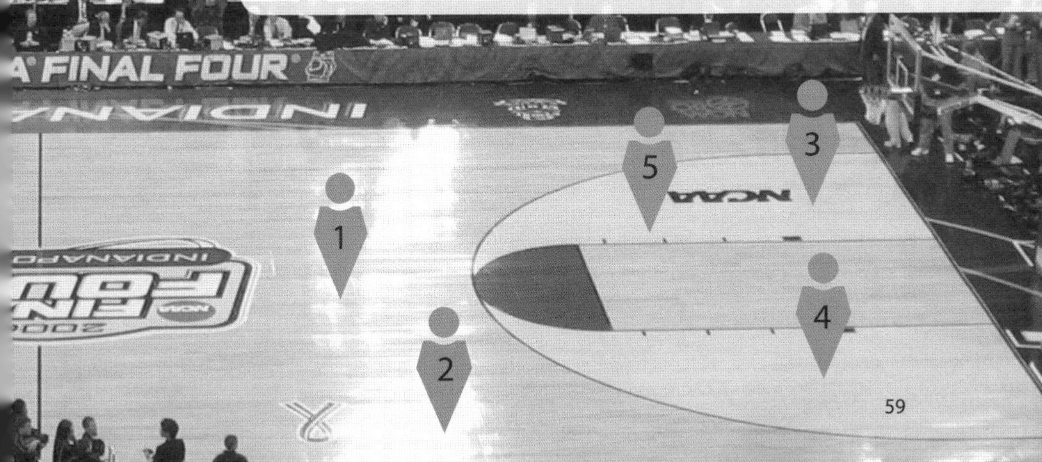

Basketball
籃球

Basketball Terms
籃球用語

籃球相關術語

技術動作

air ball [ɛr] [bɔl] 麵包球、籃外空心球

bank shot [bæŋk] [ʃɑt] 擦板球

bounce pass [baʊns] [pæs]
地板傳球、傳地板球

dribble [ˋdrɪbəl] 運球

fadeaway [ˋfedə͵we] 後仰跳投

hook shot [hʊk] 鉤射

jump shot [dʒʌmp] 跳投

layup [ˋle͵ʌp] 帶球上籃

running shot [ˋrʌnɪŋ] 行進間投籃

tip-in [ˋtɪp͵ɪn] 托進籃框

perimeter shot [pəˋrɪmətə] 中距離投籃

slam dunk / dunk shot [slæm] [dʌŋk] 灌籃

set shot [sɛt] 定點投籃

犯規與違例

24-second reset [ˋtwɛntiˏfɔrˋsɛkənd] [ˋriˏsɛt] 二十四秒違例

3-second violation [ˋθriˋsɛkənd] [ˏvaɪəˋleʃən] 三秒違例

blocking [ˋblɑkɪŋ] 阻擋

double dribble [ˋdʌbəl] [ˋdrɪbəl] 二次運球

double foul [faʊl] 雙方犯規

elbow [ˋɛlˏbo] 肘擊

flagrant foul [ˋflegrənt] 惡意犯規

goaltending [ˋgolˏtɛndɪŋ] 干擾投籃；勾天頂

intentional foul [ɪnˋtɛntʃnəl] 故意犯規

pushing [ˋpʊʃɪŋ] 推人犯規

technical foul [ˋtɛknɪkəl] 技術犯規

traveling [ˋtrævəlɪŋ] 走步

統計術語

assist [ə`sɪst] 助攻

block shot [blɑk] 蓋火鍋

field goal percentage
[fild] [gol] [pɚ`sɛntɪdʒ] 投籃命中率

free throw percentage 罰球命中率

rebound [`riˏbaʊnd] 籃板球

scoring [`skorɪŋ] 得分

steal [stil] 抄截；搶斷

turnover [`tɝnˏovɚ] 失誤

比賽相關說法

final [ˋfaɪnl̩] 總決賽

guest team [gɛst] [tim] 客隊

halftime [ˋhæf͵taɪm] 中場休息

home court [hom] [kɔrt] 主場

home court advantage [ədˋvæntɪdʒ] 主場優勢

home team 主隊

losing streak [ˋluzɪŋ] [strik] 連敗場數、連敗紀錄

post season [post] [ˋsizn̩] 季後賽

quarter [ˋkɔrtɚ] 節

schedule [ˋskɛdʒul] 賽程

semifinal [ˋsɛmi͵faɪnl̩] 準決賽

standings [ˋstændɪŋz] 戰績

time-out [ˋtaɪmˋaʊt] 暫停

Leagues
聯盟名稱

各國足球聯盟

德國甲級足球聯賽

Bayer Leverkusen [ˋbaɪɚ] [ˋlevɚˏkuzn̩] 拜耳勒沃庫森足球俱樂部

Bayern Munich [ˋbaɪən] [ˋmjunɪk] 拜仁慕尼黑足球俱樂部

Borussia Dortmund [boˋrʌʃə] [ˋdɔrtˏmʊnt] 多特蒙德足球俱樂部

西班牙甲級足球聯賽

Atletico Madrid [ætˋlɛtɪko] [məˋdrɪd] 馬德里競技俱樂部

FC Barcelona [ˏbɑrsəˋlonə] 巴塞隆納足球俱樂部

Real Madrid [ˋreəl] 皇家馬德里足球俱樂部

法國甲級足球聯賽（法甲）

AS Monaco [ˋmɑnəˏko] 摩納哥足球俱樂部

Olympique de Marseille [əlɪmˋpɪk] [mɑrˋse] 馬賽奧林匹克

Olympique Lyonnais [ˏlioˋne] 奧林匹克里昂

Paris Saint-Germain [ˋpæri] [ˏsenʒɚˋmen] 巴黎聖日耳曼

美國職足大聯盟（足球大聯盟）

D.C. United [juˋnaɪtəd] 華盛頓聯隊

LA Galaxy [ˋgæləksi] 洛杉磯銀河

New York Red Bulls [bʊlz] 紐約紅牛

英格蘭足球超級聯賽（英超）

Arsenal [ˋɑrsnəl] 兵工廠足球俱樂部

Chelsea [ˋtʃɛlsi] 切爾西足球俱樂部

Liverpool [ˋlɪvɚˏpul] 利物浦足球俱樂部

Manchester United
[ˋmænˏtʃɛstɚ] [juˋnaɪtəd] 曼徹斯特聯足球俱樂部（曼聯）

義大利甲級足球聯賽

AC Milan [məˋlæn] AC 米蘭

Inter Milan [ˋɪntɚ] 國際米蘭足球俱樂部

Juventus [juˋvɛntəs] 尤文圖斯足球俱樂部

著名球員

PLAY ALL
TRACK 21

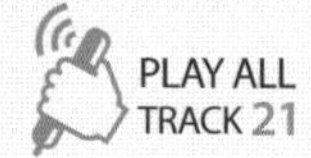

Alfredo Di Stéfano 阿爾弗雷多・迪斯蒂法諾

Cristiano Ronaldo 克里斯蒂亞諾・羅納度（C 羅）

David Beckham 大衛・貝克漢

Didier Drogba 迪迪埃・德羅巴

Diego Maradona 迪亞哥・馬拉度納

Eusébio 尤西比奧

George Best 喬治・貝斯特

Gerd Müller 蓋德・穆勒

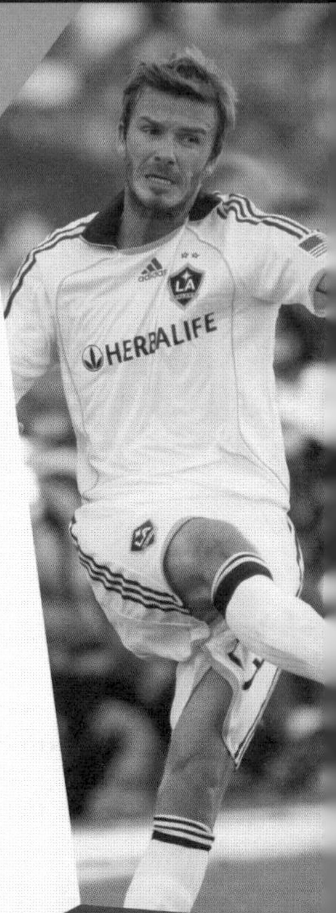

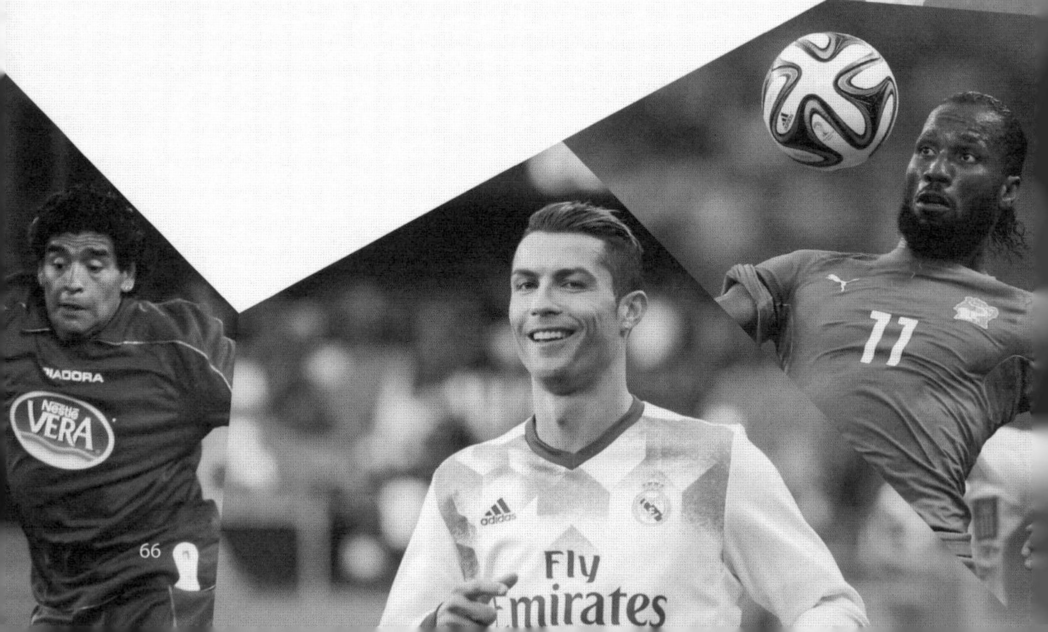

Gianluigi Buffon 詹路易吉・布馮

Johan Cruyff 約翰・克魯伊夫

Lionel Messi 利昂內爾・梅西

Michael Owen 麥可・歐文

Neymar 內馬爾

Pelé 比利（球王）

Wayne Rooney 韋恩・魯尼

Zinedine Zidane 席內丁・席丹

重要賽事

Africa Cup of Nations (CAN)
[ˋæfrɪkə] [kʌp] [ˋneʃənz] 非洲國家盃

CONCACAF Gold Cup [gold] 美洲金盃

Copa América 美洲盃足球賽

FIFA Club World Cup [ˋfifə] 國際足總俱樂部世界盃

FIFA Confederations Cup
[kən͵fɛdəˋreʃənz] 國際足總洲際國家盃

FIFA World Cup 世界盃足球賽

UEFA Champions League
[juˋefə] [ˋtʃæmpiənz] [lig] 歐洲冠軍聯賽

UEFA European Championship (Euros)
[͵jʊrəˋpiən] [ˋtʃæmpiən͵ʃɪp] 歐洲國家盃

Awards
獎項

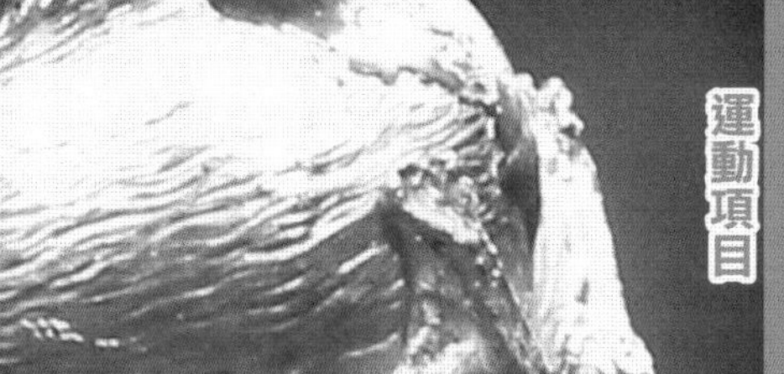

足球獎項

Ballon d'Or 國際足總金球獎

FIFA FIFPro World XI 年度世界最佳十一人

FIFA Puskás Award [ə`wɔrd] 國際足總普斯卡什獎

FIFA World Player of the Year
國際足總世界足球先生

World Cup 世界盃

- Bronze Ball [brɑnz] [bɔl] 世界盃銅球獎
- Golden Ball [`goldən] 世界盃金球獎
- Golden Boot [but] 世界盃金靴獎
- Golden Glove [glʌv] 世界盃金手套獎
- Man of the Match
  [mæn] [mætʃ] 世界盃最佳球員
- Silver Ball [`sɪlvə] 世界盃銀球獎

Soccer
足球

Soccer Field
足球場

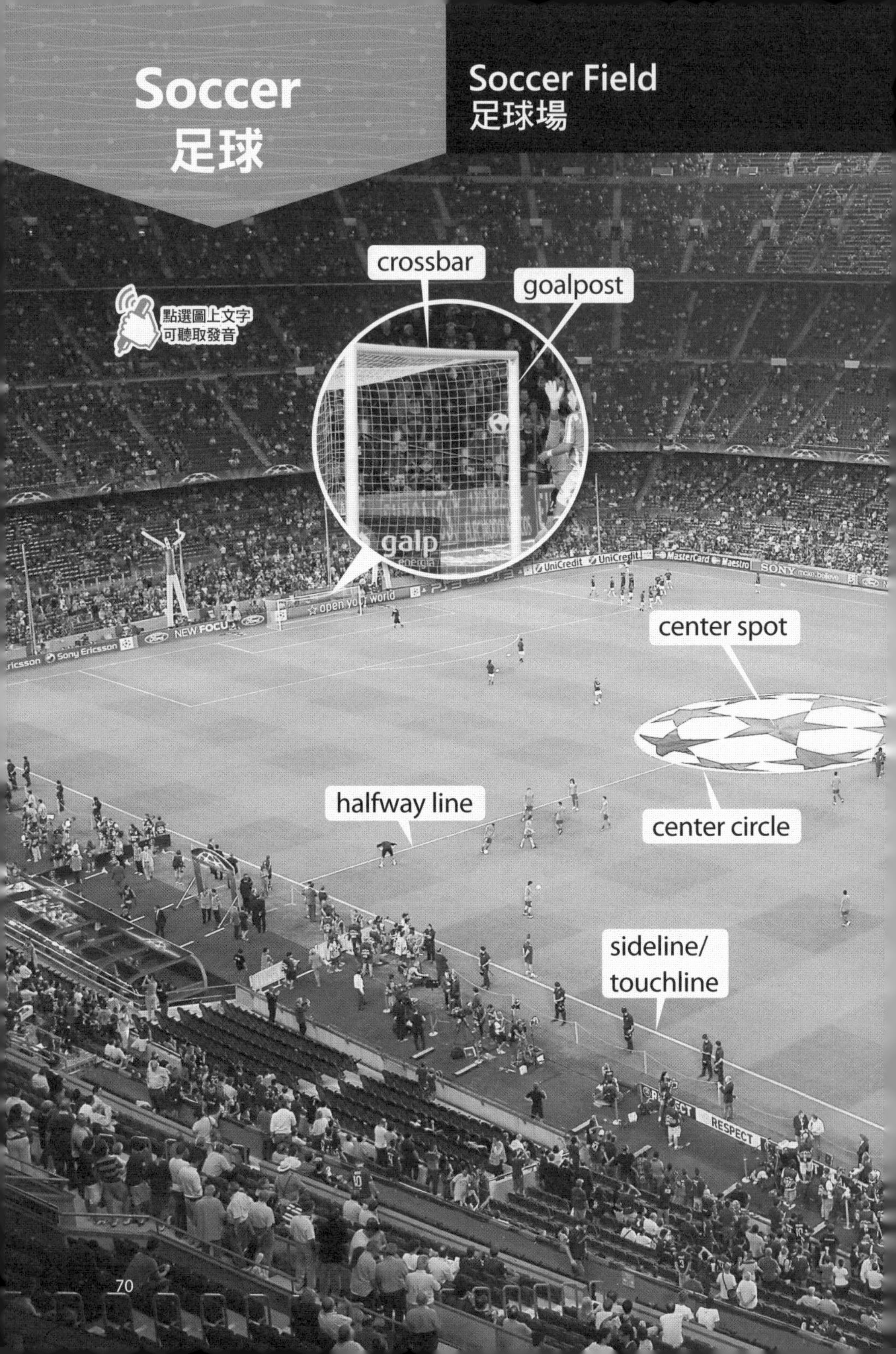

點選圖上文字
可聽取發音
crossbar
goalpost
galp
energia
open your world
UniCredit
MasterCard
Maestro
SONY
NEW FOCU
Sony Ericsson
center spot
halfway line
center circle
sideline/
touchline
RESPECT

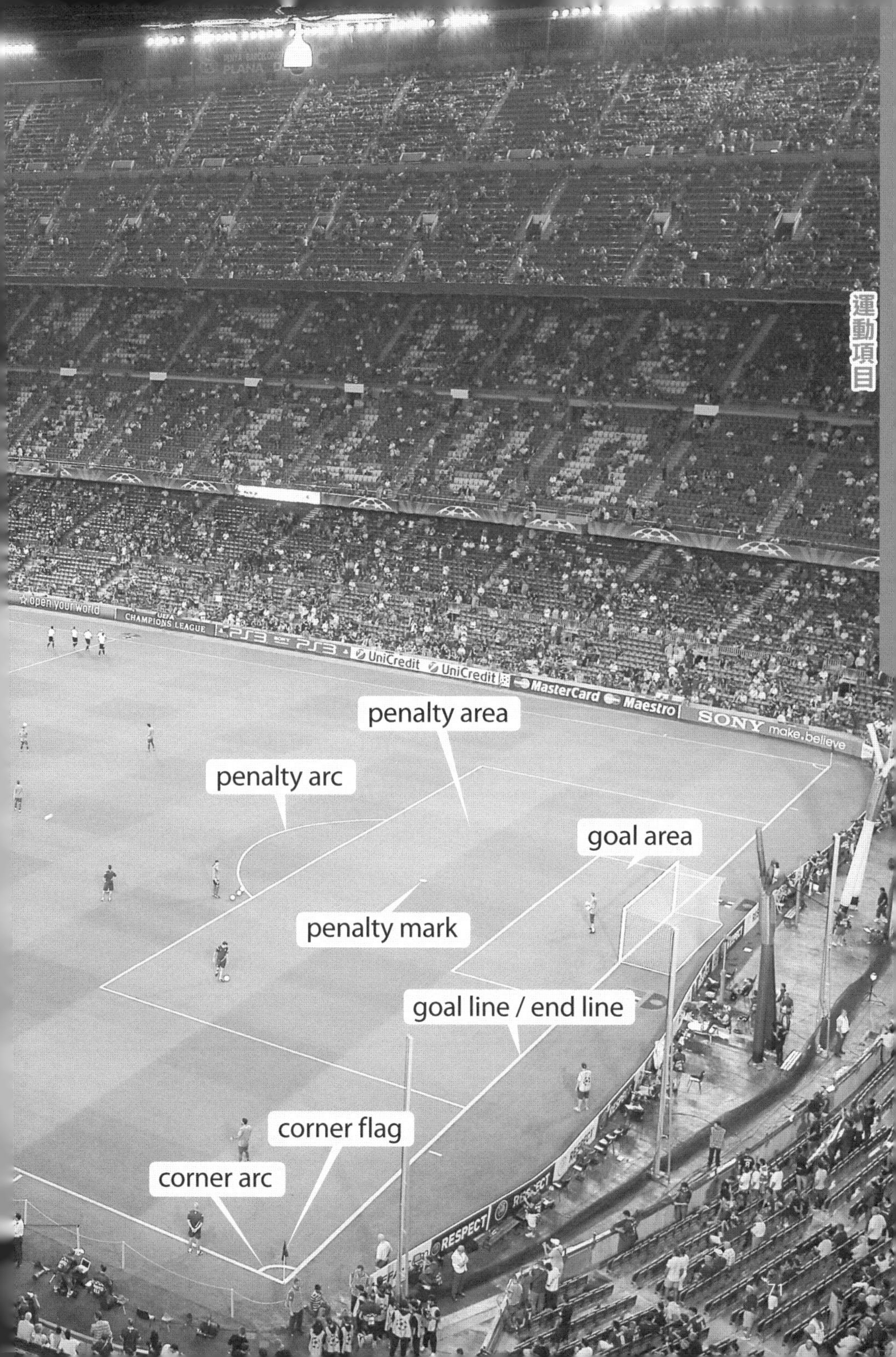
penalty area
penalty arc
goal area
penalty mark
goal line / end line
corner flag
corner arc

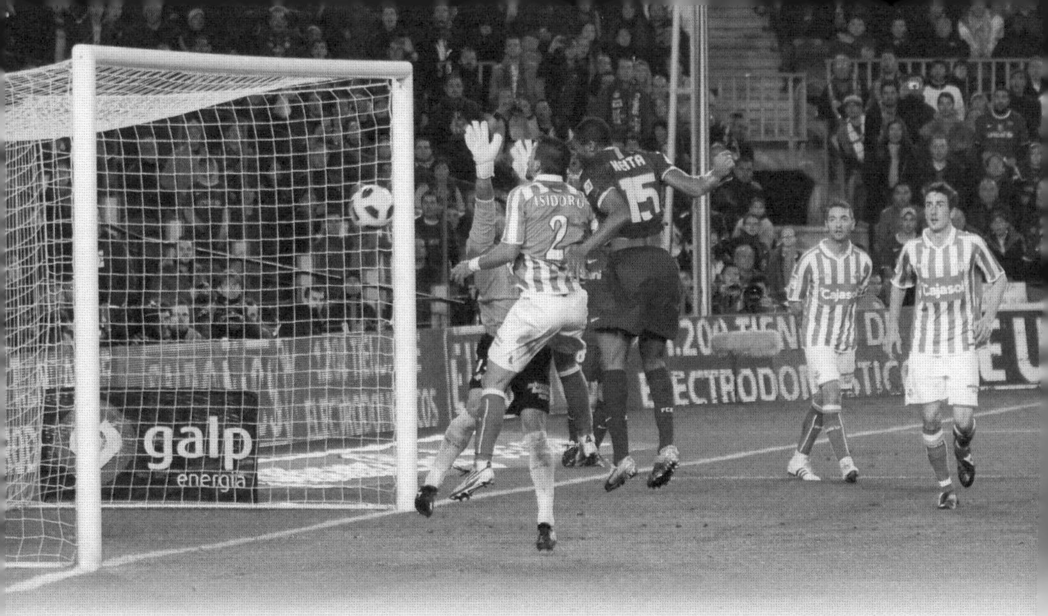

足球場地介紹

center circle [ˋsɛntɚ] [ˋsɜkəl] 中圈

center spot [spɑt] 中心點

corner arc [ˋkɔrnɚ] [ɑrk] 角球弧

corner flag [flæg] 角球旗

crossbar [ˋkrɔs͵bɑr] 門楣；球門橫樑

goal area [gol] [ˋɛriə] 小禁區（球門區）
（又稱為 goalkeeper's box / goal mouth）

goal line / end line [ɛnd] 球門線；底線

goalpost [ˋgol͵post] 球門柱

halfway line [ˋhæfˋwe] 中線

penalty arc [ˋpɛnḷti] [ɑrk] 禁區弧；罰球弧

penalty area 禁區；罰球區

penalty mark [mɑrk] 點球罰球點

sideline/touchline [ˋsaɪd͵laɪn] / [ˋtʌtʃ͵laɪn] 邊線

Soccer 足球

Positions 位置

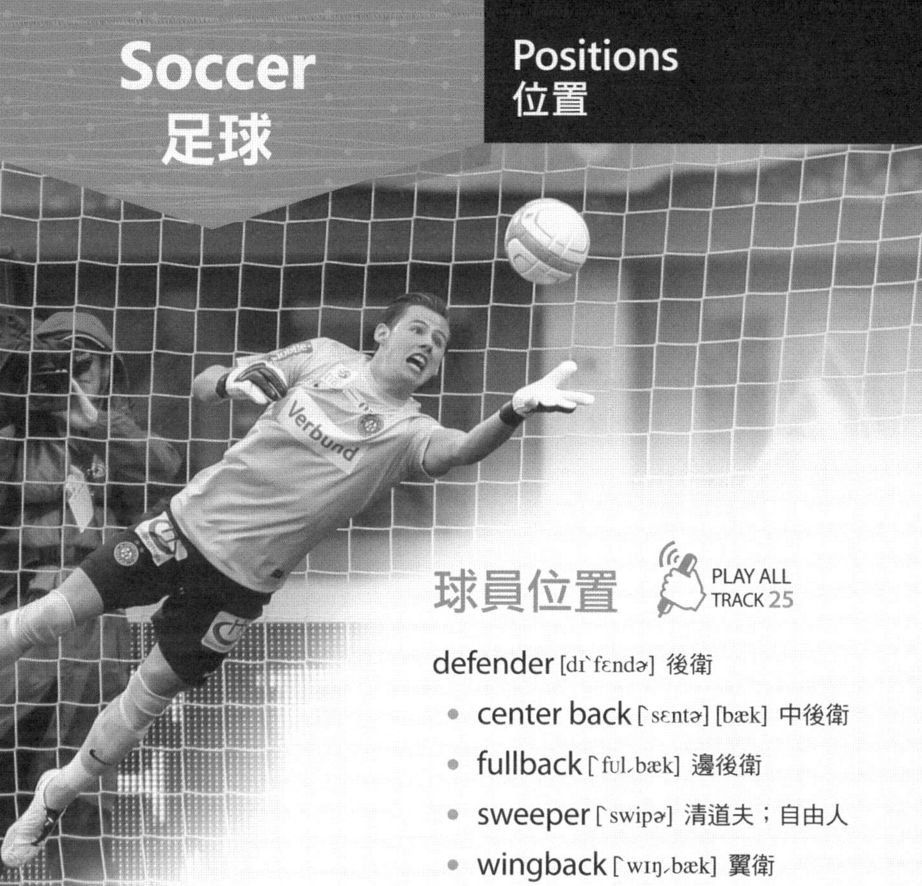

球員位置

PLAY ALL TRACK 25

defender [dɪˋfɛndɚ] 後衛

- center back [ˋsɛntɚ] [bæk] 中後衛
- fullback [ˋfulˏbæk] 邊後衛
- sweeper [ˋswipɚ] 清道夫；自由人
- wingback [ˋwɪŋˏbæk] 翼衛

goalkeeper/goalie [ˋgolˏkipɚ] [ˋgoli] 守門員

midfielder [ˋmɪdˏfildɚ] 中場球員；前衛

- attacking midfielder [əˋtækɪŋ] 前腰；攻擊型前衛
- center midfielder 中前衛；正中場
- defensive midfielder [dɪˋfɛnsɪv] 後腰；防守型前衛
- winger [ˋwɪŋɚ] 邊鋒；翼鋒

striker/forward [ˋstraɪkɚ] [ˋfɔrwɚd] 前鋒

- center forward [ˋsɛntɚ] [ˋfɔrwɚd] 中鋒

以上介紹以十一人制足球賽為例，參賽雙方各有十一名球員，其中包括一名守門員，三至五名後衛，二至五名中場，以及一至三名前鋒球員。

Soccer 足球

Terms 術語

足球技術

bicycle kick / scissor kick
[ˋbaɪsɪkəl] [kɪk] / [ˋsɪzɚ] 倒鉤球；倒掛金鉤

corner kick [ˋkɔrnɚ] [kɪk] 角球

direct free kick [dəˋrɛkt] [fri]
直接自由球；直接任意球

dribble [ˋdrɪbəl] 盤球

goal kick [gol] 球門球

handball [ˋhænd͵bɔl] 手球

header [ˋhɛdɚ] 頭球；頭頂球

indirect free kick
[͵ɪndəˋrɛkt] 間接自由球；間接任意球

one-touch (pass) [ˋwʌnˋtʌtʃ] 一次觸球；不停球直接傳球

penalty kick [ˋpɛnḷti] 十二碼罰球；點球（簡稱為 PK）

shot [ʃɑt] 射門

tackle [ˋtækəl] 阻截；鏟斷

throw-in [ˋθro͵ɪn] 擲界外球

toe poke [to] [pok] 用腳尖捅球

運動項目

戰術

clearance [ˋklɪrəns] 解圍

close-marking defense [ˋklozˋmɑrkɪŋ] [dɪˋfɛns] 盯人防守

foul [faʊl] 失誤

penalty shoot-out
[ˋpɛnḷti] [ˋʃut͵aʊt] 互射十二碼；十二碼大戰（常稱 PK 大戰）

set a wall [sɛt] [wɔl] 築人牆

time wasting tactics
[taɪm] [ˋwestɪŋ] [ˋtæktɪks] 拖延戰術

犯規與違例

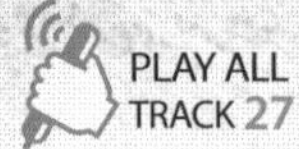

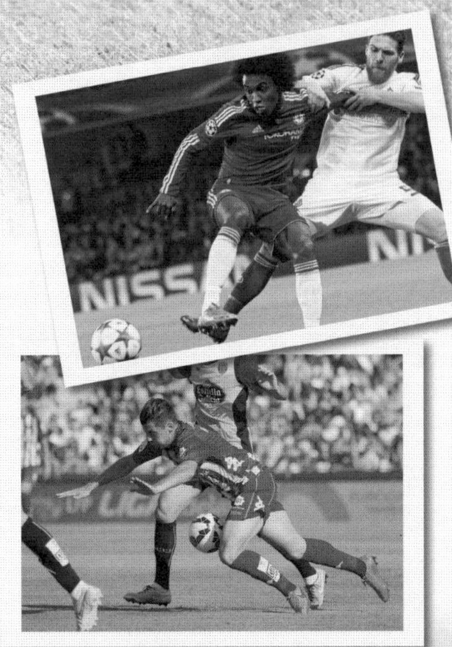

PLAY ALL TRACK 27

elbowing [ˋɛl͵boɪŋ] 肘擊

obstruction [əbˋstrʌkʃən] 阻擋

offside [ˋɔfˋsaɪd] 越位

pushing [ˋpʊʃɪŋ] 推人

red card [rɛd] [kɑrd] 紅牌

tripping [ˋtrɪpɪŋ] 絆人犯規

yellow card [ˋjɛlo] 黃牌

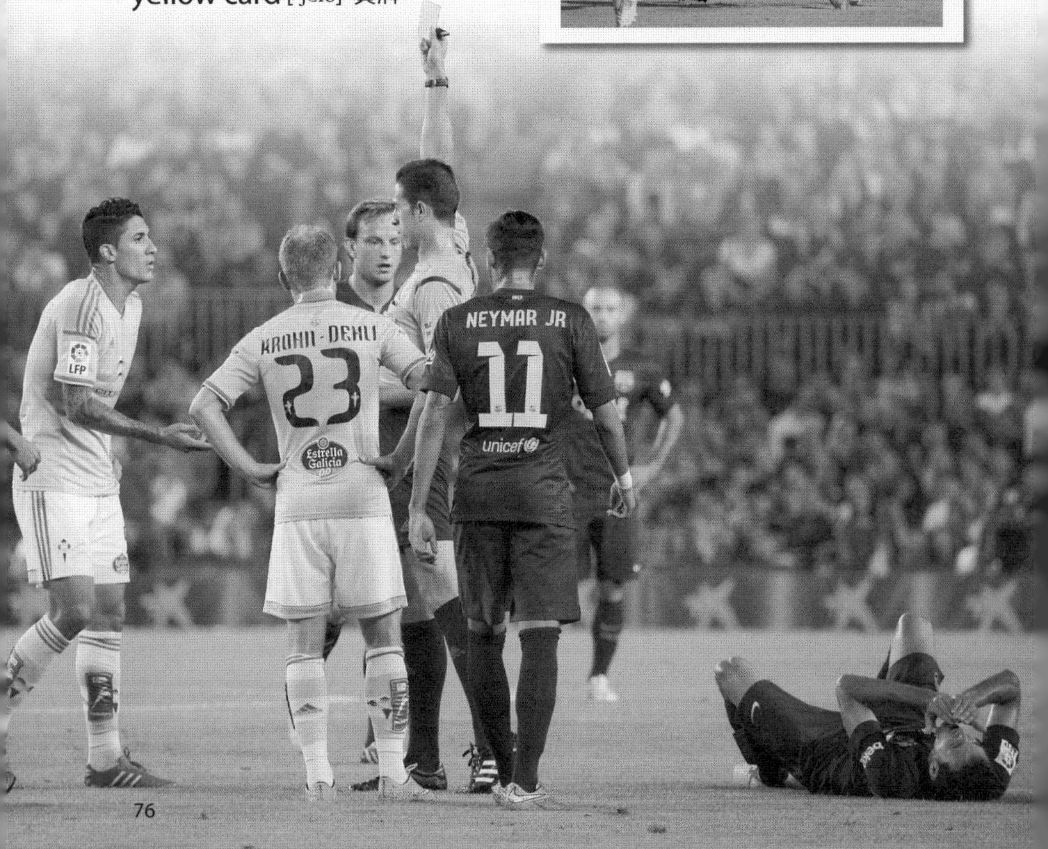

其他

captain/leader [ˋkæptən] / [ˋlidɚ] 隊長

coach [kotʃ] 教練

extra time [ˋɛkstrə] 延長賽；加時賽

goal [gol] 得分

injury time / stoppage time
[ˋɪndʒri] / [ˋstɑpɪdʒ] 傷停時間

kickoff [ˋkɪk͵ɔf] 開球

linesman [ˋlaɪnzmən] 巡邊員

own goal (OG) [on] [gol] 烏龍球

referee [͵rɛfəˋri] 裁判

sudden death [ˋsʌdn̩] [dɛθ]
驟死賽；金球制
（也稱 golden/silver goal）

Tennis
網球

International Events
國際賽事

大滿貫賽

Australian Open
[ɔˋstreljən] [ˋopən] 澳洲網球公開賽

French Open [frɛntʃ] 法國網球公開賽

The Championships, Wimbledon
[ˋtʃæmpiən͵ʃɪps] [ˋwɪmbəldən] 溫布頓網球錦標賽（常只稱作 Wimbledon）

US Open 美國網球公開賽

網球盃賽事

Davis Cup [ˋdevəs] [kʌp] 台維斯盃（男）

Fed Cup [fɛd] 聯邦盃（女）

Hopman Cup [ˋhɑpmən]
霍普曼盃（男女混合）

巡迴賽

ATP 國際職業網球協會（為 Association of Tennis Professionals [ə͵sosiˋeʃən] [ˊtɛnəs] [prəˋfɛʃnəlz] 的縮寫）

- ATP Challenger Tour
  [ˊtʃæləndʒɚ] [tʊr] ATP 挑戰賽
- ATP World Tour [wɝld] ATP 世界巡迴賽
- ATP World Tour Finals [ˊfaɪnl̩z]
  ATP 世界巡迴總決賽

Indian Wells Masters [ˊɪndiən] [wɛlz] [ˊmæstɚz]
法國巴黎銀行公開賽（原名為印第安泉大師賽）

Madrid Open [məˋdrɪd] 馬德里公開賽

Miami Open [maɪˋæmi] 邁阿密公開賽

Shanghai Masters [ˊʃæŋ͵haɪ] 上海大師賽

WTA Tour WTA 巡迴賽
（WTA 為 Women's Tennis Association「世界女子職業網球協會」的縮寫）

著名男網選手

Andre Agassi
安德烈・阿格西

Andy Murray
安迪・莫瑞

Björn Borg
比約恩・博格

Ivan Lendl
伊凡・藍道

Jimmy Connors
吉米・康諾斯

John McEnroe
約翰・馬克安諾

Novak Djokovic
諾瓦克・喬科維奇

Pete Sampras
皮特・山普拉斯

Rafael Nadal
拉斐爾・納達爾

Roger Federer
羅傑・費德勒

著名女網選手

Angelique Kerber
安赫利奎・柯貝

Chris Evert
克里斯・艾芙特

Justine Henin
賈斯汀・海寧

Maria Sharapova
瑪麗亞・莎拉波娃

Martina Hingis
瑪蒂娜・辛吉絲

Martina Navratilova
瑪蒂娜・娜拉提洛娃

Monica Seles
莫妮卡・莎莉絲

Serena Williams
瑟琳娜・威廉絲（小威）

Simona Halep
西莫娜・哈莉普

Steffi Graf
施特菲・葛拉芙

Venus Williams
維納斯・威廉絲（大威）

Tennis
網球

Tennis Court
網球場

service box
singles sideline
net
doubles sideline
JACOB'S CREEK
JACOB'S CREEK
KIA
KIA
KIA
208
IBM

網球場地介紹

baseline [ˋbes͵laɪn] 底線

center mark [ˋsɛntɚ] [mɑrk] 中點

center service line [ˋsɝvəs] 中央發球線

net [nɛt] 球網

service box [bɑks] 發球區

service line 發球線

sideline [ˋsaɪd͵laɪn] 邊線

- doubles sideline [ˋdʌbəlz] 雙打邊線
- singles sideline [ˋsɪŋgəlz] 單打邊線

網球拍介紹

bumper [ˋbʌmpɚ] 護套

racket/racquet [ˋrækət] 球拍

shaft [ʃæft] 中管；桿

grommet [ˋgrɑmət] 條釘

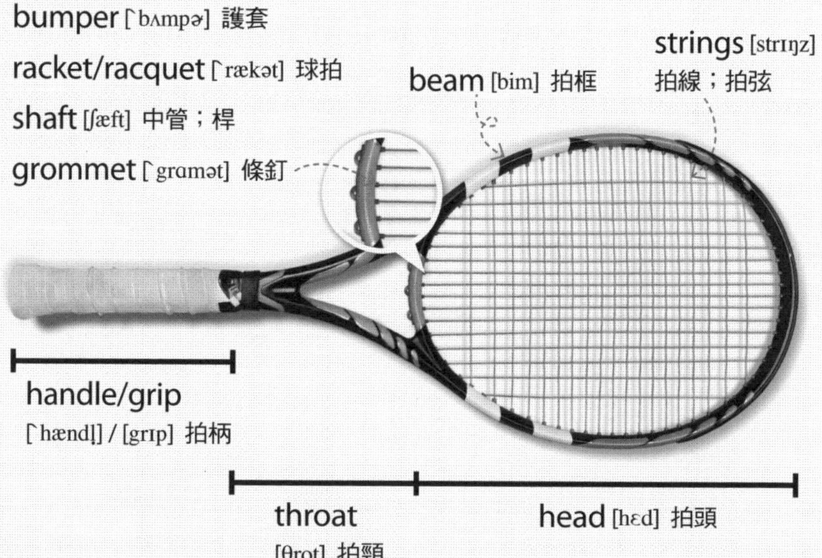

Tennis 網球

Terms 術語

網球技術

ace [es] 愛司球

backhand [ˋbæk͵hænd] 反手拍

crosscourt [ˋkrɔsˋkɔrt] 對角球

drop shot [drɑp] [ʃɑt] 過網急墜球；放小球

drop volley [ˋvɑli] 截擊小球

forehand [ˋfɔr͵hænd] 正手拍

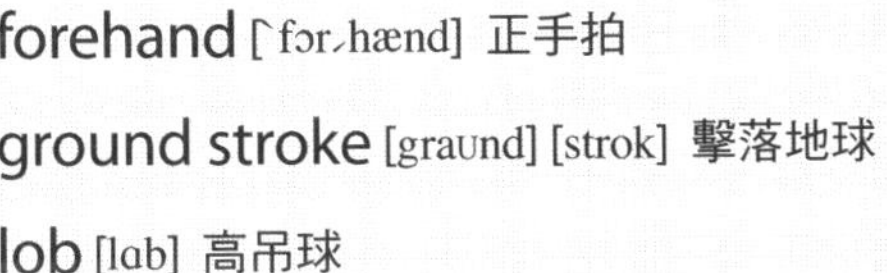

ground stroke [graʊnd] [strok] 擊落地球

lob [lɑb] 高吊球

rally [ˋræli]
回合球（發球之後雙方一連串的來回）

return [rɪˋtɝn] 回擊球

smash [smæʃ] 高壓扣殺

spin [spɪn] 旋轉球

- backspin [ˋbæk͵spɪn] 下旋球
- topspin [ˋtɑp͵spɪn] 上旋球

volley [ˋvɑli] 截擊

winner [ˋwɪnɚ] 致勝球

比賽相關說法

0 – love [lʌv] 沒有得分

1 – 15 [ˋfɪfˏtin] 得一分

2 – 30 [ˋθɝti] 得兩分

3 – 40 [ˋfɔrti] 得三分

4 – game [gem] 拿下此局

advantage [ədˋvæntɪdʒ] 領先；佔先

break point [brek] [pɔɪnt] 破發點

deuce [dus] 平分

game point 局點

match point [mætʃ] 賽末點；賽點

set point [sɛt] 盤末點；盤點

tiebreak [ˋtaɪˏbrek] 搶七決勝局

其他用語

ball boy / ball girl 球僮

double fault
[ˋdʌbəl] [fɔlt] 雙發失誤；雙誤

doubles [ˋdʌbəlz] 雙打

foot fault
[fʊt] [fɔlt] 腳誤；踩線犯規

forecourt [ˋfɔr͵kɔrt] 前場

hold [hold] 保住發球局

let [lɛt] 重發

line judge [laɪn] [dʒʌdʒ] 線審
（亦稱 linesman [ˋlaɪnzmən]）

net judge [nɛt] 網審

serve [sɝv] 發球

singles [ˋsɪŋgəlz] 單打

straight sets [stret] [sɛts] 直落盤數

umpire [ˋʌm͵paɪr] 主審

unforced error
[͵ʌnˋfɔrst] [ˋɛrɚ] 非受迫性失誤

Olympic Games 奧運比賽

Events 比賽項目

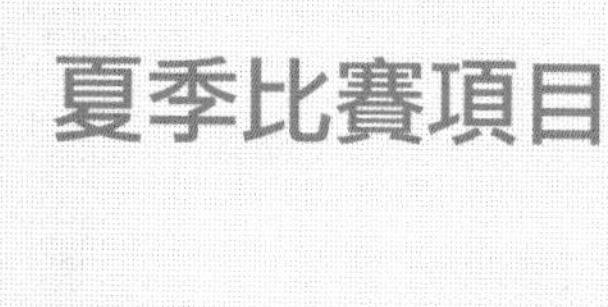

夏季比賽項目

PLAY ALL
TRACK 36

archery
[ˋɑrtʃəri] 射箭

badminton
[ˋbædˏmɪntn̩] 羽毛球

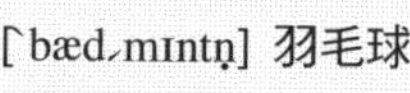

athletics
[æθˋlɛtɪks] 田徑

basketball
[ˋbæskɪtˏbɔl] 籃球

boxing [ˋbɑksɪŋ] 拳擊

canoe slalom
[kəˋnu] [ˋslɑləm] 輕艇（激流）

canoe sprint
[sprɪnt] 輕艇（靜水競速）

cycling mountain bike [ˋmaʊntn̩] [baɪk] 登山自由車越野賽

cycling BMX

[ˋsaɪkəlɪŋ] [ˏbiɛmˋɛks] 小輪車競速賽

（BMX 為 Bicycle Motocross 的簡稱）

cycling road

[rod] 公路自由車賽

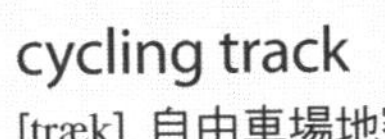

cycling track

[træk] 自由車場地賽

diving

[ˋdaɪvɪŋ] 跳水

equestrian/dressage

[ɪˋkwɛstriən] / [drəˋsɑʒ]

馬場馬術賽（盛裝舞步賽）

equestrian eventing

[ɪˋvɛntɪŋ] 馬術三日賽；馬術三項全能賽（包括馬場馬術、越野及障礙三部分）

equestrian jumping

[ˋdʒʌmpɪŋ] 馬術跳躍賽（障礙賽）

夏季比賽項目

fencing
[ˋfɛnsɪŋ] 擊劍

football
[ˋfʊt͵bɔl] 足球

gymnastics artistic
[dʒɪmˋnæstɪks] [ɑrˋtɪstɪk]
競技體操

golf
[gɑlf] 高爾夫

handball
[ˋhænd͵bɔl] 手球

gymnastics rhythmic
[ˋrɪðmɪk] 韻律體操

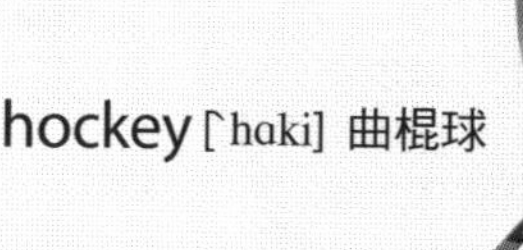

hockey [ˋhɑki] 曲棍球

judo [ˋdʒudo] 柔道

modern pentathlon [ˋmadən] [pɛnˋtæθlən]
現代五項（馬術、重劍、二百公尺自由式游泳、射擊、三公里越野賽跑）

rugby [ˋrʌgbi] 橄欖球

rowing
[ˋroɪŋ] 划船

sailing
[ˋselɪŋ] 帆船

shooting [ˋʃutɪŋ] 射擊

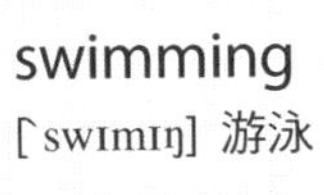

swimming
[ˋswɪmɪŋ] 游泳

synchronized swimming
[ˋsɪŋkrə͵naɪzd] 水上芭蕾

table tennis
[ˋtebəl] [ˋtɛnəs] 桌球

夏季比賽項目

Tae Kwon Do [ˋtaɪˋkwɑnˋdo] 跆拳道

tennis
[ˋtɛnəs] 網球

volleyball
[ˋvɑlɪˏbɔl] 排球

triathlon
[traɪˋæθlən] 鐵人三項

water polo
[ˋwɔtɚ] [ˋpolo] 水球

weight lifting
[wet] [ˋlɪftɪŋ] 舉重

wrestling Greco-Roman
[ˋgrɛko roˋmaṇ]
希羅式角力；古典式角力

wrestling freestyle
[ˋrɛslɪŋ] [ˋfriˏstaɪl] 自由式角力

歷屆夏季奧運會主辦城市

屆次　主辦城市

1 Athens [ˋæθənz] 雅典

2 Paris [ˋpɛrəs] 巴黎

3 St. Louis [sentˋluəs] 聖路易

4 London [ˋlʌndən] 倫敦

5 Stockholm [ˋstɑkˏhom] 斯德哥爾摩

7 Antwerp [ˋænˏtwɝp] 安特衛普

8 Paris [ˋpɛrəs] 巴黎

9 Amsterdam [ˋæmstɚˏdæm] 阿姆斯特丹

10 Los Angeles [lɔsˋændʒələs] 洛杉磯

11 Berlin [bɚˋlɪn] 柏林

14 London [ˋlʌndən] 倫敦

15 Helsinki [ˏhɛlˋsɪŋki] 赫爾辛基

16 Melbourne [ˋmɛlbɚn] 墨爾本

17 Rome [rom] 羅馬

18 Tokyo [ˋtokio] 東京

19 Mexico City [ˋmɛksɪˏko] [ˋsɪti] 墨西哥市

20 Munich [ˋmjunɪk] 慕尼黑

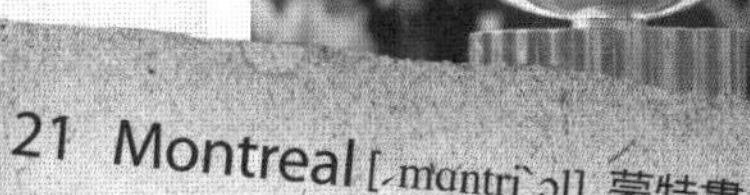

21 Montreal [ˏmɑntrɪˋɔl] 蒙特婁

22 Moscow [ˋmɑsko] 莫斯科

23 Los Angeles [lɔsˋændʒələs] 洛杉磯

24 Seoul [sol] 首爾（舊稱為「漢城」）

25 Barcelona [ˏbɑrsəˋlonə] 巴塞隆納

26 Atlanta [ətˋlæntə] 亞特蘭大

27 Sydney [ˋsɪdni] 雪梨

28 Athens [ˋæθənz] 雅典

29 Beijing [ˋbeˋdʒɪŋ] 北京

30 London [ˋlʌndən] 倫敦

31 Rio de Janeiro [ˋriodeʒəˋnɛro] 里約熱內盧

32 Tokyo [ˋtokio] 東京

第 6、12、13 屆因兩次世界大戰而停辦。

冬季比賽項目

alpine skiing

[ˋælˏpaɪn] [ˋskiɪŋ] 高山滑雪

biathlon [baɪˋæθlən]

冬季兩項（越野滑雪、射擊）

bobsled

[ˋbɑbˏslɛd] 有舵雪橇

cross-country skiing

[ˋkrɔsˋkʌntri] 越野滑雪

curling [ˋkɝlɪŋ]

冰壺；冰上溜石

figure skating

[ˋfɪgjɚ] [ˋsketɪŋ] 花式滑冰

freestyle skiing

[ˋfriˏstaɪl] 自由式滑雪

ice hockey
[aɪs] [ˋhɑki]
冰上曲棍球；冰球

luge [luʒ]
無舵雪橇

Nordic combined
[ˋnɔrdɪk] [kəmˋbaɪnd]
北歐混合式滑雪；北歐兩項

short track speed skating
[ʃɔrt] [træk] [spid] [ˋsketɪŋ] 短道競速滑冰

skeleton
[ˋskɛlətən]
俯式冰橇

ski jumping
[ˋdʒʌmpɪŋ] 跳台滑雪

snowboarding
[ˋsnoˏbɔrdɪŋ]
單板滑雪；滑雪板運動

speed skating
[spid] [ˋsketɪŋ] 競速滑冰

Other Sports
其他運動

一般常見運動

aerobics
[ˏɛrˋobɪks] 有氧運動

American football
[əˋmɛrəkən] [ˋfutˏbɔl]
美式足球

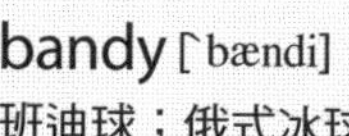

bandy [ˋbændi]
班迪球；俄式冰球

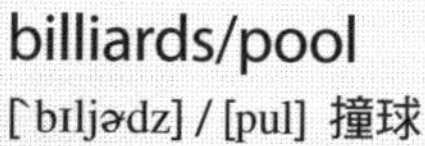

billiards/pool
[ˋbɪljədz] / [pul] 撞球

beach volleyball
[bitʃ] [ˋvɑliˏbɔl] 沙灘排球

bowling
[ˋbolɪŋ] 保齡球

climbing
[ˋklaɪmɪŋ] 爬山

cricket [ˋkrɪkət] 板球

croquet [kroˋke] 槌球

darts [dɑrts] 擲飛鏢

dodgeball [ˋdɑdʒˏbɔl] 躲避球

Formula 1 [ˋfɔrmjələ] [wʌn] 一級方程式賽車

hurling [ˋhɝlɪŋ] 板棍球；愛爾蘭式曲棍球

jogging [ˋdʒɑgɪŋ] 慢跑

karate [kəˋrɑti] 空手道

一般常見運動

kite surfing [kaɪt] [ˋsɜfɪŋ] 風箏衝浪

korfball
[ˋkɔrfbɔl] 合球

lacrosse [ləˋkrɔs]
袋棍球；長曲棍球

lawn bowls
[lɔn] [bolz] 草地滾球

marathons [ˋmɛrəˏθɑnz] 馬拉松賽跑

martial arts
[ˋmɑrʃəl] [ɑrts] 武術

motor racing
[ˋmotɚ] [ˋresɪŋ] 賽車

netball [ˋnɛt͵bɔl]
籃網球；無板籃球

paintball
[ˋpent͵bɔl] 漆彈

polo
[ˋpolo] 馬球

sepak takraw [ˋsɪpæk] [ˋtæk͵rɔ] 藤球

roller derby
[ˋrolɚ] [ˋdɝbi]
溜旱冰運動

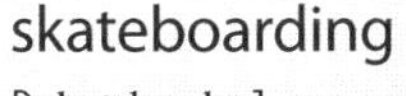

skateboarding
[ˋsket͵bordɪŋ]
滑板運動

snooker [ˋsnʊkɚ] 司諾克
（落袋式撞球運動）

一般常見運動

softball
[ˋsɔft͵bɔl] 壘球

squash
[skwɑʃ] 壁球

street workout
[strit] [ˋwɝk͵aʊt] 街頭健身（利用公園或公共設施進行體能鍛鍊的運動方式）

Ultimate (Frisbee)
[ˋʌltəmət] [ˋfrɪzbi] 終極飛盤

windsurfing
[ˋwɪnd͵sɝfɪŋ] 風帆衝浪

yoga [ˋjogə] 瑜珈

混合運動

PLAY ALL
TRACK 40

bossaball [ˋbɑsə͵bɔl]
波沙球（結合排球、足球與體操）

chess boxing [tʃɛs] [ˋbɑksɪŋ] 西洋棋拳擊

cyclo-cross [ˋsaɪklə͵krɔs] 越野自行車

footgolf [ˋfut͵gɔlf] 足式高爾夫

header table tennis (HEADIS)
[ˋhɛdɚ] [ˋtebəl] [ˋtɛnəs] 頭槌乒乓球

mixed martial arts (MMA)
[mɪkst] [ˋmɑrʃəl] [ɑrts] 綜合格鬥；混合武術

SlamBall [ˋslæm͵bɔl] 斯籃搏；灌籃球

特殊運動

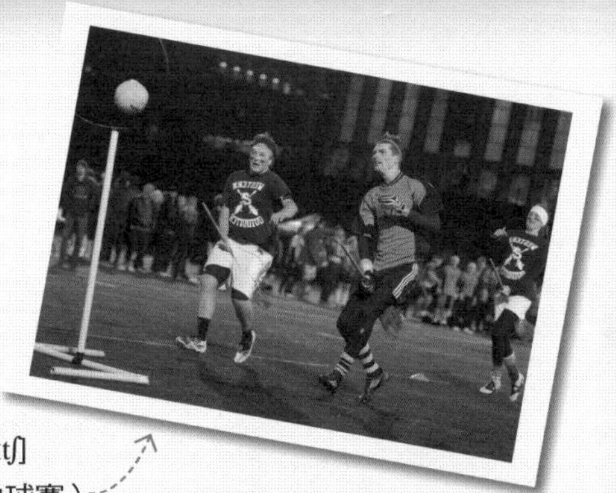

bed racing [bɛd] [ˋresɪŋ] 推床賽車

extreme ironing
[ɪkˋstrim] [ˋaɪrnɪŋ] 極限燙衣

(muggle) quidditch [ˋmʌgəl] [ˋkwɪdɪtʃ]
麻瓜魁地奇（源自《哈利波特》中的空中球賽）

shovel racing [ˋʃʌvəl] 滑雪鍬大賽

wife carrying [waɪf] [ˋkærіɪŋ] 背老婆比賽

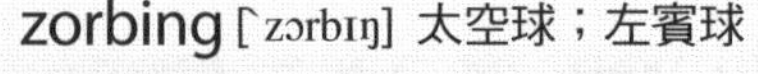

zorbing [ˋzɔrbɪŋ] 太空球；左賓球

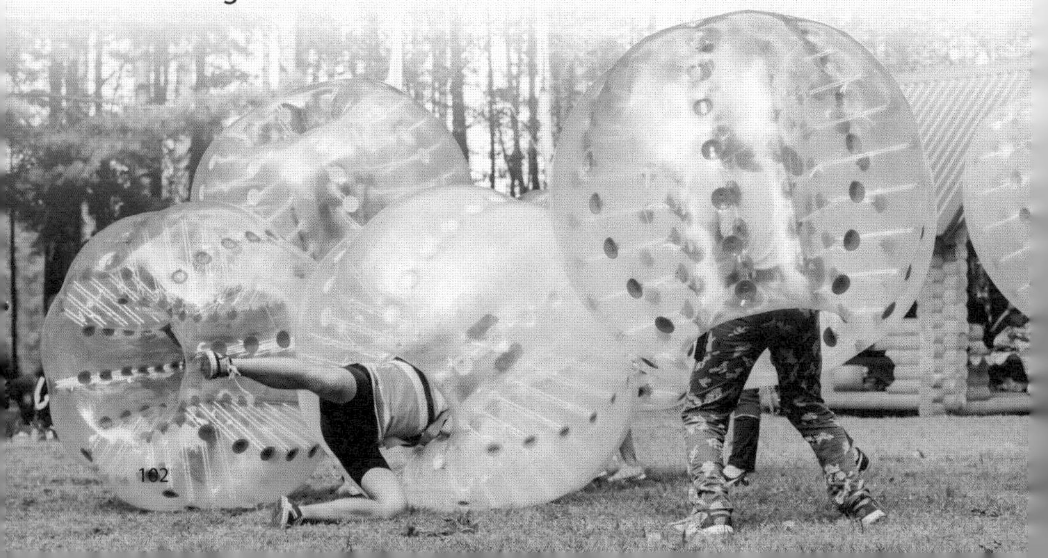

Other Sports 其他運動

eSports 電子競技運動

熱門遊戲

Call of Duty: Black Ops III
[kɔl] [ˋduti] [blæk] [ɑps] 決勝時刻：黑色行動 III

Clash of Clans [klæʃ] [klænz] 部落衝突

Clash Royale [rɔɪˋæl] 皇室戰爭

Counter-Strike: Global Offensive
[ˋkaʊntəˋstraɪk] [ˋglobəl] [əˋfɛnsɪv] 絕對武力：全球攻勢

DOTA 2 (Defense of the Ancients) [ˋdotəˋtu] [dɪˋfɛns] [ˋenʃənts]

Fruit Ninja [frut] [ˋnɪndʒɑ] 水果忍者

Hearthstone [ˋhɑrθˏston] 爐石傳說：魔獸英雄傳

Heroes of the Storm [ˋhɪroz] [stɔrm] 暴雪英霸

League of Legends [lig] [ˋlɛdʒəndz] 英雄聯盟

Rocket League [ˋrɑkət] 火箭聯盟

Street Fighter V [strit] [ˋfaɪtə] 快打旋風 5

Super Smash Bros. Melee
[ˋsupə] [smæʃ] [ˋbrʌðəz] [ˋmeˏle] 任天堂明星大亂鬥 DX

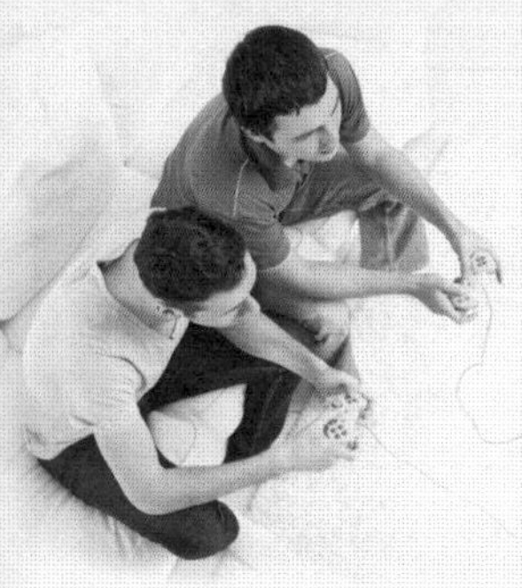

遊戲種類及術語

PLAY ALL
TRACK 43

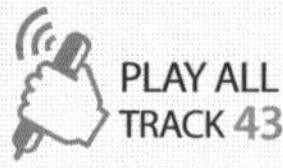

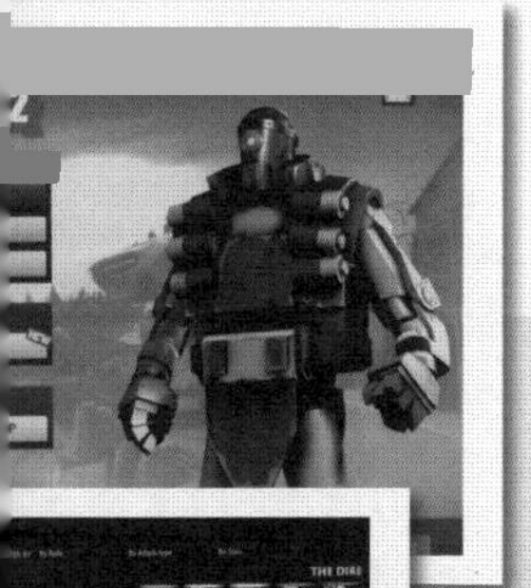

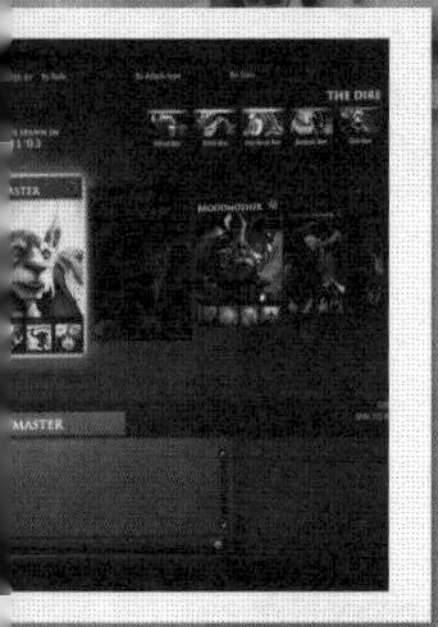

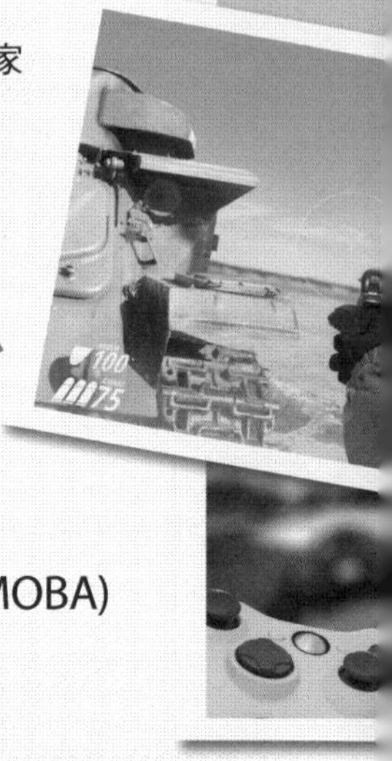

casual gamer [ˋkæʒwəl] [ˋgemɚ] 休閒玩家

challenger [ˋtʃæləndʒɚ] 挑戰者

core gamer [kɔr] 核心玩家

fighting [ˋfaɪtɪŋ] 對戰

first-person shooter (FPS)
[ˋfɝstˋpɝsn̩] [ˋʃutɚ] 第一人稱射擊遊戲

hardcore gamer [ˋhɑrdˏkɔr] 硬派玩家

multiplayer online battle arena (MOBA)
[ˋmʌltɪˋpleɚ] [ˋɑnˋlaɪn] [ˋbætl̩] [əˋrinə]
多人線上戰鬥競技場遊戲

real-time strategy (RTS) [ˋrilˏtaɪm] [ˋstrætədʒi] 即時戰略

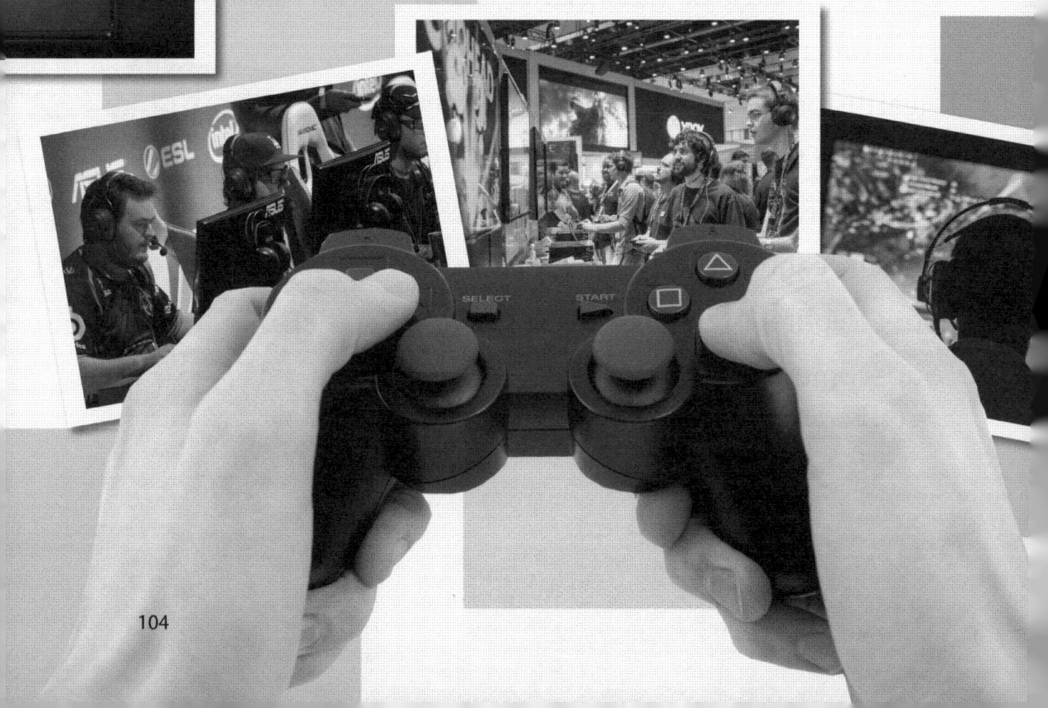

Sports Notes
運動筆記

Venues
場地

運動項目

運動場地

arena [ə`rinə] 體育場

basketball court [`bæskɪt͵bɔl] [kort] 籃球場

billiard hall [`bɪljəd] [hɔl] 撞球間

boxing ring [`bɑksɪŋ] [rɪŋ] 拳擊場

cricket ground [`krɪkət] [graʊnd] 板球場

golf course [gɑlf] [kɔrs] 高爾夫球場

gym [dʒɪm] 體育館；健身房

ice rink / skating rink [aɪs] [rɪŋk] / [`sketɪŋ] 溜冰場

運動場地

racetrack [ˋres͵træk] 賽車跑道

running track [ˋrʌnɪŋ] [træk] 跑道

shooting range [ˋʃutɪŋ] [rendʒ] 射擊場

soccer pitch [ˋsɑkɚ] [pɪtʃ] 足球場

squash court [skwɑʃ] [kɔrt] 壁球場

swimming pool [ˋswɪmɪŋ] [pul] 游泳池

tennis court [ˋtɛnəs] [kɔrt] 網球場

turf field [tɝf] [fild] 人工草皮球場

velodrome [ˋvilə͵drom]（自行車）室內賽車場

Sport Notes 運動筆記

Clothing and Equipment 服裝與配備

棒球

baseball bat [ˋbes͵bɔl] [bæt] 球棒

baseball cap [kæp] 棒球帽

baseball doughnut [ˋdonət] 加重環

baseball helmet [ˋhɛlmət] 棒球頭盔

batting glove [ˋbætɪŋ] [glʌv] 打擊手套

catcher's gear
[ˋkætʃəz] [gɪr] 捕手裝備

- catcher's mitt [mɪt] 捕手手套
- chest protector
  [tʃɛst] [prəˋtɛktə] 護胸
- helmet 頭盔
- leg guards [lɛg] [gɑrdz] 護腿
- mask [mæsk] 面罩

jockstrap / protective cup
[ˋdʒɑkˏstræp] / [prəˋtɛktɪv] [kʌp] 護檔

spray pine tar [spre] [paɪn] [tɑr] 球棒止滑噴劑

uniform [ˋjunəˏfɔrm] 球衣

足球

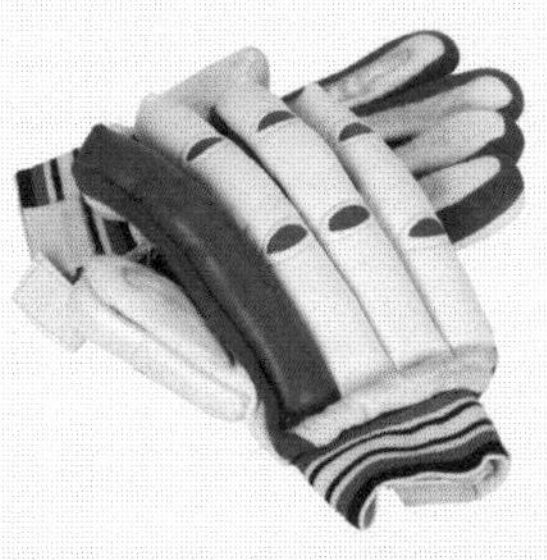

goalkeeper gloves
[ˋgolˏkipɚ] [glʌvz] 守門員手套

jersey [ˋdʒɝzi] 運動衫（緊身）

shin guards/pads
[ʃɪn] [gɑrdz] / [pædz] 護腿

soccer cleats [ˋsɑkɚ] [klits] 足球鞋

socks [sɑks] 短襪

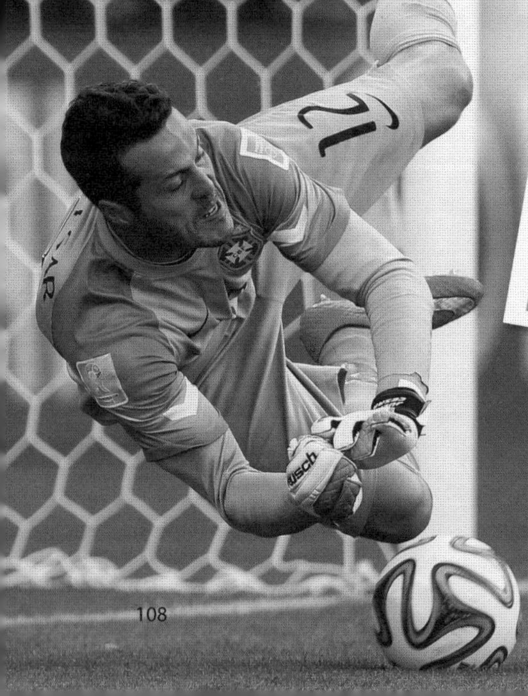

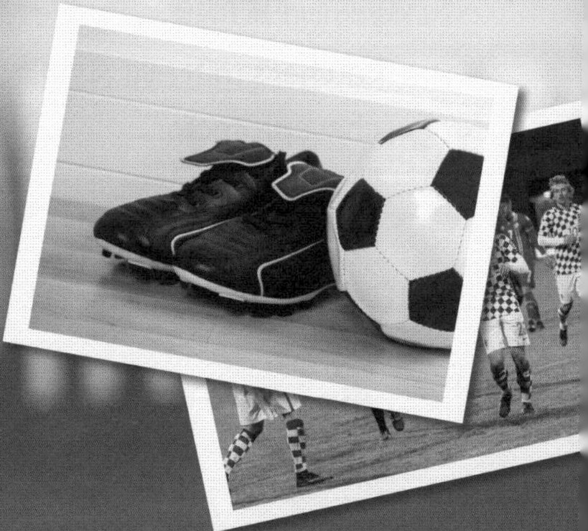

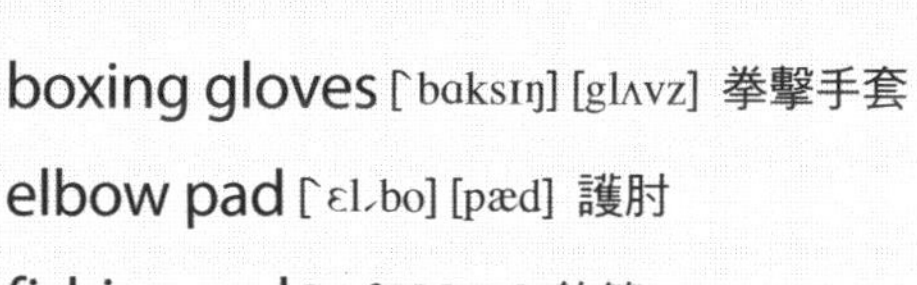

其他運動的配備

PLAY ALL
TRACK 47

boxing gloves [ˋbɑksɪŋ] [glʌvz] 拳擊手套

elbow pad [ˋɛl͵bo] [pæd] 護肘

fishing rod [ˋfɪʃɪŋ] [rɑd] 釣竿

golf club [gɑlf] [klʌb] 高爾夫球杆

hockey stick [ˋhɑki] [stɪk] 曲棍球杆

ice skates [aɪs] [skets] 溜冰鞋

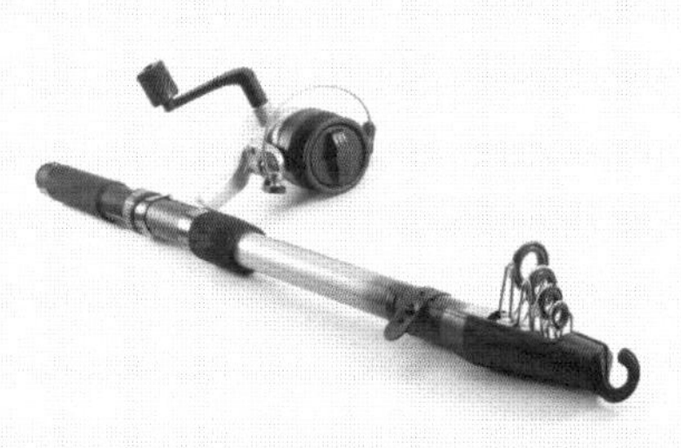

mouthguard/gumshield
[ˋmaʊθ͵gɑrd] / [ˋgʌm͵ʃild] 護齒

pool cue [pul] [kju] 撞球杆

racket [ˋrækət] 球拍

shoulder pad [ˋʃoldɚ] [pæd] 墊肩

skateboard [ˋsket͵bɔrd] 滑板

國際運動組織

Association of National Olympic Committees
[ə͵sosi`eʃən] [`næʃnəl] [ə`lɪmpɪk] [kə`mɪtiz] 國家奧會聯合會

Committee of the International Children's Games
[͵ɪntə`næʃnəl] [`tʃɪldrənz] [gemz] 國際少年運動總會

International Committee of Sports for the Deaf
[spɔrts] [dɛf] 國際聽障運動總會

International Olympic Committee 國際奧林匹克委員會

International University Sports Federation
[͵junə`vɝsəti] [͵fɛdə`reʃən] 國際大學運動總會

International World Games Association
國際世界運動總會

Special Olympics Inc.
[`spɛʃəl] [ə`lɪmpɪks] [ɪn`kɔrpə͵retəd] 特殊奧林匹克運動會

Sport Accord [ə`kɔrd] 國際單項運動總會聯合會

NOTES

CHAPTER

2

Leisure & Entertainment

休閒娛樂

想知道好萊塢著名演員、奧斯卡最佳影片要怎麼說嗎？除了電影之外，這個單元還要介紹音樂、繪畫、文學等各種休閒娛樂的相關說法。

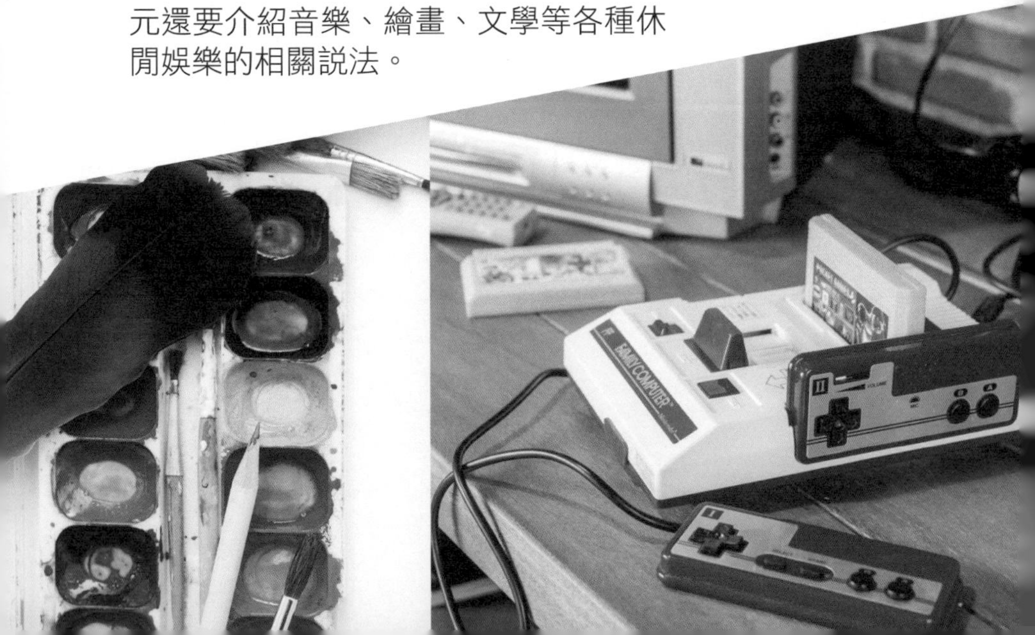

電影

音樂

電視

遊戲

繪畫

文學

嗜好

類型及代表作品

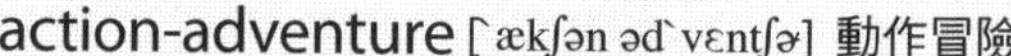

action-adventure [ˋækʃən ədˋvɛntʃɚ] 動作冒險

- *Die Hard* [daɪ] [hɑrd] 終極警探
- *Mission: Impossible* [ˋmɪʃən] [ɪmˋpɑsəbəl] 不可能的任務
- *The Bourne Identity* [bɔrn] [aɪˋdɛntəti] 神鬼認證

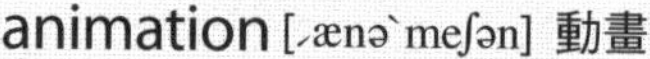

animation [ˏænəˋmeʃən] 動畫

- *Finding Nemo* [ˋfaɪndɪŋ] [ˋnimo] 海底總動員
- *Ice Age* [aɪs] [edʒ] 冰原歷險記
- *Zootopia* [zuˋtopiə] 動物方城市

biopic (biographical picture) [ˋbaɪoˏpɪk] [ˏbaɪəˋgræfɪkəl] [ˋpɪktʃɚ] 傳記電影

- *Catch Me If You Can* [kætʃ] 神鬼交鋒
- *The Iron Lady* [ˋaɪən] [ˋledi] 鐵娘子：堅固柔情
- *The Theory of Everything* [ˋθiəri] [ˋɛvriˏθɪŋ] 愛的萬物論

black comedy [blæk] [ˋkɑmədi] 黑色喜劇

- *Fargo* [ˋfɑrgo] 冰血暴
- *In Bruges* [bruʒ] 殺手沒有假期
- *Pulp Fiction* [pʌlp] [ˋfɪkʃən] 黑色追緝令

comedy [ˋkɑmədi] 喜劇

- *Bruce Almighty* [brus] [ɔlˋmaɪti] 王牌天神
- *Get Smart*
  [smɑrt] 特務行不行
- *The Hangover*
  [ˋhæŋ͵ovɚ] 醉後大丈夫

detective and mystery
[dɪˋtɛktɪv] [ˋmɪstri] 偵探懸疑片

- *Sherlock Holmes*
  [ˋʃɝ͵lɑk] [homz] 福爾摩斯
- *The Fugitive* [ˋfjudʒətɪv]
  絕命追殺令
- *Zodiac* [ˋzodi͵æk]
  索命黃道帶

disaster [dɪˋzæstɚ] 災難片

- *Armageddon* [ˏɑrməˋgɛdn̩] 世界末日
- *San Andreas* [ˏsænænˋdreəs]
  加州大地震
- *Twister* [ˋtwɪstɚ] 龍捲風

documentary [ˏdɑkjuˋmɛntəri] 紀錄片

- *An Inconvenient Truth* [ˏɪnkənˋvinjənt] [truθ] 不願面對的真相
- *Man on Wire* [mæn] [waɪr] 偷天鋼索人
- *March of the Penguins* [mɑrtʃ] [ˋpɛngwənz] 企鵝寶貝：南極的旅程

drama [ˋdrɑmə] 劇情片

- *Good Will Hunting*
  [ˋhʌntɪŋ] 心靈捕手
- *Life of Pi* [laɪf] [paɪ]
  少年 Pi 的奇幻漂流
- *The Shawshank Redemption*
  [ˋʃɔˏʃæŋk] [rɪˋdɛmʃən] 刺激 1995

fantasy [ˋfæntəsi] 奇幻電影

- *Labyrinth* [ˋlæbəˏrɪnθ] 魔王迷宮
- *Maleficent* [məˋlɛfəsənt]
  黑魔女：沉睡魔咒

- *Pan's Labyrinth* [pænz] [ˋlæbəˏrɪnθ] 羊男的迷宮

film noir [fɪlm] [nwɑr] 黑色電影

- *Chinatown* [ˋtʃaɪnəˏtaʊn] 唐人街
- *L.A. Confidential* [ˏkɑnfəˋdɛnʃəl] 鐵面特警隊
- *Sin City* [sɪn] 萬惡城市

horror [ˋhɔrɚ] 恐怖片

- *Halloween* [ˏhɑləˋwin] 月光光心慌慌
- *Scream* [skrim] 驚聲尖叫
- *The Exorcist* [ˋɛkˏsɔrˏsɪst] 大法師

indie [ˋɪndi] 獨立製片電影

- *Lost in Translation* [lɔst] [trænsˋleʃən] 愛情，不用翻譯
- *Memento* [məˋmɛnto] 記憶拼圖
- *The Blair Witch Project* [blɛr] [wɪtʃ] [ˋprɑˏdʒɛkt] 厄夜叢林

musical [ˋmjuzɪkəl] 音樂歌舞片

- *La La Land* [ˋlɑˏlɑ] [lænd] 樂來樂愛你
- *Moulin Rouge!* [ˏmulæŋˋruʒ] 紅磨坊

- *The Sound of Music*
  [saʊnd] [ˋmjuzɪk] 真善美

road film [rod] 公路電影

- *Easy Rider* [ˋizi] [ˋraɪdɚ] 逍遙騎士
- *The Motorcycle Diaries* [ˋmotɚˏsaɪkəl] [ˋdaɪəriz]
  革命前夕的摩托車日記
- *Thelma and Louise* [ˏθɛlmə ənd luˋiz] 末路狂花

romance [ˋroˏmæns] 愛情片

- *Sleepless in Seattle*
  [ˋslipləs] [siˋætl] 西雅圖夜未眠
- *The Notebook* [ˋnotˏbʊk]
  手札情緣
- *You've Got Mail* [mel] 電子情書

romantic comedy (rom-com) [roˋmæntɪk] 浪漫喜劇

- *Bridget Jones's Diary* [ˋbrɪdʒət] [dʒonzɪz] [ˋdaɪəri] BJ 單身日記
- *Notting Hill* [ˋnɑtɪŋ] [hɪl] 新娘百分百
- *When Harry Met Sally* [ˋhɛri] [mɛt] [ˋsæli] 當哈利遇上莎莉

science fiction [ˋsaɪəns] [ˋfɪkʃən] 科幻電影

- *Alien* [ˋeliən] 異形
- *RoboCop* [ˋroboˏkɑp] 機器戰警
- *Star Wars* [stɑr] [wɔrz] 星際大戰

sports film [spɔrts] 運動電影

- *Eddie the Eagle*
  [ˋɛdi] [ˋigəl] 飛躍奇蹟

- *Invictus* [ɪnˋvɪktəs] 打不倒的勇者
- *The Blind Side* [blaɪnd] [saɪd] 攻其不備

superhero [ˋsupɚˏhɪro] 超級英雄電影

- *Spider-Man*
  [ˋspaɪdɚˏmæn] 蜘蛛人
- *The Avengers*
  [əˋvɛndʒɚz] 復仇者聯盟
- *The Dark Knight*
  [dɑrk] [naɪt] 黑暗騎士

thriller [ˋθrɪlɚ] 驚悚片

- *Black Swan* [blæk] [swɑn] 黑天鵝
- *Misery* [ˋmɪzəri] 戰慄遊戲
- *Seven* [ˋsɛvən] 火線追緝令

war [wɔr] 戰爭片

- *Apocalypse Now* [əˋpɑkəˏlɪps] 現代啟示錄
- *Pearl Harbor* [pɝl] [ˋhɑrbɚ] 珍珠港
- *Saving Private Ryan* [ˋsevɪŋ] [ˋpraɪvət] [ˋraɪən] 搶救雷恩大兵

western [ˋwɛstɚn] 西部片

- *A Fistful of Dollars* [ˋfɪstˏful] [ˋdɑlɚz] 荒野大鏢客
- *The Magnificent Seven*
  [mægˋnɪfəsənt] 豪勇七蛟龍
- *True Grit* [tru] [grɪt] 真實的勇氣

Movies 電影

Top Films 最佳影片

奧斯卡最佳影片

2017 *Moonlight*
[ˋmunˏlaɪt] 月光下的藍色男孩

2016 *Spotlight* [ˋspɑtˏlaɪt] 驚爆焦點

2015 *Birdman* [ˋbɝdmən] 鳥人

2014 *12 Years a Slave* [slev] 自由之心

2013 *Argo* [ˋɑrgo] 亞果出任務

2012 *The Artist* [ˋɑrtɪst] 大藝術家

2011 *The King's Speech* [kɪŋz] [spitʃ] 王者之聲：宣戰時刻

2010 *The Hurt Locker* [hɝt] [ˋlɑkɚ] 危機倒數

2009 *Slumdog Millionaire*
[ˋslʌmˏdɔg] [ˏmɪljəˋnɛr] 貧民百萬富翁

2008 *No Country for Old Men* 險路勿近

2007 *The Departed* [dɪˋpɑrtɪd] 神鬼無間

2006 *Crash* [kræʃ] 衝擊效應

◀ 標示年代是指該屆頒獎典禮的年份。

2005 *Million Dollar Baby*
[ˋmɪljən] [ˋdɑlɚ] [ˋbebi] 登峰造擊

2004 *The Lord of the Rings: The Return of the King*
[lɔrd] [rɪŋz] [rɪˋtɝn]
魔戒三部曲：王者再臨

2003 *Chicago* [ʃəˋkɑgo] 芝加哥

2002 *A Beautiful Mind* [ˋbjutɪfəl] [maɪnd] 美麗境界

2001 *Gladiator* [ˋglædiˏetɚ] 神鬼戰士

2000 *American Beauty* [əˋmɛrəkən] [ˋbjuti] 美國心玫瑰情

1999 *Shakespeare in Love* [ˋʃekˏspɪr] [lʌv] 莎翁情史

1998 *Titanic* [taɪˋtænɪk] 鐵達尼號

1997 *The English Patient* [ˋɪŋglɪʃ] [ˋpeʃənt] 英倫情人

1996 *Braveheart* [ˋbrevˏhɑrt] 梅爾吉勃遜之英雄本色

1995 *Forrest Gump*
[ˋfɔrəst] [gʌmp] 阿甘正傳

1994 *Schindler's List*
[ʃɪndlɚz] [lɪst] 辛德勒的名單

1993 *Unforgiven*
[ʌnfɚˋgɪvən] 殺無赦

1992 *The Silence of the Lambs*
[ˋsaɪləns] [læmz] 沈默的羔羊

1991 *Dances with Wolves* [ˋdænsɪz] [wʊlvz] 與狼共舞

1990 *Driving Miss Daisy* [ˋdraɪvɪŋ] [mɪs] [ˋdezi] 溫馨接送情

1989 *Rain Man* [ren] [mæn] 雨人

1988 *The Last Emperor* [læst] [ˋɛmpərɚ] 末代皇帝

1987 *Platoon* [pləˋtun] 前進高棉

1986 *Out of Africa*
[ˋæfrɪkə] 遠離非洲

1985 *Amadeus*
[æməˋdeəs] 阿瑪迪斯

1984 *Terms of Endearment*
[tɝmz] [ɪnˋdɪrmənt] 親密關係

1983 *Gandhi* [ˋgɑndi] 甘地

1982 *Chariots of Fire*
[ˋtʃɛriəts] [faɪr] 火戰車

1981 *Ordinary People*
[ˋɔrdəˏnɛri] [ˋpipəl] 凡夫俗子

1980 *Kramer vs. Kramer*
[ˋkræmɚ] 克拉瑪對克拉瑪

經典電影

All Quiet on the Western Front [ˋkwaɪət] [ˋwɛstən] [frʌnt]
西線無戰事

An American in Paris [ˋpærəs] 花都舞影

Ben-Hur [ˋbɛnˋhɝ] 賓漢

Breakfast at Tiffany's [ˋbrɛkfəst] [ˋtɪfəniz]
第凡內早餐

Butch Cassidy and the Sundance Kid
[bʊtʃ] [ˋkæsədi] [ˋsʌndæns] [kɪd] 虎豹小霸王

Casablanca [ˏkæsəˋblæŋkə] 北非諜影

Citizen Kane [ˋsɪtəzən] [ken] 大國民

Cleopatra [ˏkliəˋpætrə] 埃及豔后

Doctor Zhivago [ˋdɑktə] [ʒɪˋvɑgo] 齊瓦哥醫生

Fiddler on the Roof [ˋfɪdl̩ə] [ruf] 屋頂上的提琴手

For Whom the Bell Tolls [hum] [bɛl] [tolz] 戰地鐘聲

Gone with the Wind [gɑn] [wɪnd] 亂世佳人

Lawrence of Arabia [ˋlɔrəns] [əˋrebiə] 阿拉伯的勞倫斯

My Fair Lady [fɛr] [ˋledi] 窈窕淑女

Roman Holiday [ˋromən] [ˋhɑləde] 羅馬假期

The Bridge on the River Kwai [brɪdʒ] [ˋrɪvə] 桂河大橋

The Godfather [ˋgɑdˏfɑðə] 教父

The King and I [kɪŋ] 國王與我

The Wizard of Oz [ˋwɪzəd] [ɑz]
綠野仙蹤

Movie Stars
電影明星

人氣女星

Amy Adams
艾美・亞當斯

Angelina Jolie
安潔莉娜・裘莉

Anne Hathaway
安・海瑟薇

Barbara Streisand
芭芭拉・史翠珊

Blake Lively
布蕾克・萊芙莉

Cameron Diaz
卡麥蓉・狄亞茲

Cate Blanchett
凱特・布蘭琪

Catherine Zeta-Jones
凱薩琳・麗塔・瓊斯

Charlize Theron
莎莉・塞隆

Dakota Fanning
達科塔・芬妮

Demi Moore
黛咪・摩爾

Drew Barrymore
茱兒・芭莉摩

Emily Blunt
艾蜜莉・布朗

Emma Stone
艾瑪・史東

Emma Watson
艾瑪・華森

Gal Gadot
蓋兒・賈多特

Gwyneth Paltrow
葛妮絲・派特洛

Halle Berry
荷莉・貝瑞

Hilary Swank
希拉蕊・史旺

Jennifer Aniston
珍妮佛・安妮斯頓

Jennifer Lawrence
珍妮佛・勞倫斯

Jodie Foster
茱蒂・佛斯特

Julia Roberts
茱莉亞・羅勃茲

Julianne Moore
茱莉安・摩爾

Juliette Binoche
茱麗葉・畢諾許

Kate Winslet
凱特・溫斯蕾

Kiera Knightley
綺拉・奈特莉

Marion Cotillard
瑪莉詠・柯蒂亞

Meg Ryan
梅格・萊恩

Melissa McCarthy
瑪莉莎・麥卡錫

Meryl Streep
梅莉・史翠普

Mila Kunis
蜜拉・庫妮絲

Milla Jovovich
蜜拉・喬娃維琪

Natalie Portman
娜塔莉・波曼

Nicole Kidman
妮可・基嫚

Penelope Cruz
潘妮洛普・克魯茲

Rachel Weisz
瑞秋・懷茲

Reese Witherspoon
瑞絲・薇斯朋

Renée Zellweger
芮妮・齊薇格

Sandra Bullock
珊卓・布拉克

Sarah Jessica Parker
莎拉・潔西卡・帕克

Scarlett Johansson
史嘉蕾・喬韓森

人氣男星

Al Pacino
艾爾・帕西諾

Andrew Garfield
安德魯・加菲爾德

Anthony Hopkins
安東尼・霍普金斯

Ben Affleck
班・艾弗列克

Ben Stiller
班・史提勒

Benedict Cumberbatch
班尼迪克・康柏拜區

Brad Pitt
布萊德・彼特

Bradley Cooper
布萊德利・庫柏

Colin Firth
柯林・佛斯

Daniel Craig
丹尼爾・克雷格

Denzel Washington
丹佐・華盛頓

Dustin Hoffman
達斯汀・霍夫曼

Eddie Redmayne
艾迪・瑞德曼

George Clooney
喬治・克隆尼

Harrison Ford
哈里遜・福特

Hugh Jackman
休・傑克曼

Jack Nicholson
傑克・尼克遜

Jake Gyllenhaal
傑克・葛倫霍

James Franco
詹姆斯・法蘭科

James McAvoy
詹姆斯・麥艾維

John Travolta
約翰・屈伏塔

Johnny Depp
強尼・戴普

Kevin Spacey
凱文・史貝西

Leonardo DiCaprio
李奧納多・狄卡皮歐

Liam Neeson
連恩・尼遜

Matt Damon
麥特・戴蒙

Matthew McConaughey
馬修・麥康納

Michael Fassbender
麥可・法斯賓達

Morgan Freeman
摩根・費里曼

Richard Gere
李察・吉爾

Robert De Niro
勞勃・狄尼洛

Robert Downey Jr.
小勞勃・道尼

Robert Redford
勞勃・瑞福

Russell Crowe
羅素・克洛

Ryan Gosling
雷恩・葛斯林

Samuel L. Jackson
山繆・傑克森

Sean Connery
史恩・康納萊

Tom Cruise
湯姆・克魯斯

Tom Hanks
湯姆・漢克斯

Tom Hiddleston
湯姆・希德勒斯

Vin Diesel
馮・迪索

Will Smith
威爾・史密斯

經典女星

PLAY ALL
TRACK 54

Audrey Hepburn 奧黛麗 ・ 赫本

Ava Gardner 艾娃・加德納

Bette Davis 貝蒂・戴維斯

Elizabeth Taylor 伊莉莎白・泰勒

Grace Kelly 葛麗絲・凱莉

Greta Garbo 葛麗泰・嘉寶

Ingrid Bergman 英格麗・褒曼

Judy Garland 茱蒂・嘉蘭

Katherine Hepburn 凱瑟琳・赫本

Marilyn Monroe
瑪麗蓮・夢露

Sophia Loren
蘇菲亞・羅蘭

Vivien Leigh
費雯・麗

經典男星

CINEMA

Cary Grant 卡萊・葛倫

Charlie Chaplin 查理・卓別林

Charlton Heston 卻爾登・希斯頓

Clark Gable 克拉克・蓋博

Gary Cooper 賈利・古柏

Gregory Peck 葛雷哥萊・畢克

Henry Fonda 亨利・方達

Humphrey Bogart 亨弗萊・鮑嘉

Jimmy Stewart 詹姆斯・史都華

John Wayne 約翰・韋恩

Marlon Brando 馬龍・白蘭度

Omar Sharif 奧瑪・雪瑞夫

Paul Newman 保羅・紐曼

Peter O'Toole 彼得・奧圖

Richard Burton 李察・波頓

Robert Duvall 勞勃・杜瓦

Warren Beatty 華倫・比提

Yul Brynner 尤・伯連納

當代名導

Ang Lee
李安

Christopher Nolan
克里斯多福・諾蘭

Clint Eastwood
克林・伊斯威特

David Lynch
大衛・林區

Gus Van Sant
葛斯・范・桑

James Cameron
詹姆斯・卡麥隆

Joel and Ethan Coen
科恩兄弟

Kathryn Bigelow
凱瑟琳・畢格羅

M. Night Shyamalan
奈・沙馬蘭

Martin Scorsese
馬丁・史柯西斯

Peter Jackson
彼得・傑克森

Quentin Tarantino
昆汀・塔倫提諾

Ridley Scott
雷利・史考特

Ron Howard
朗・霍華

Sofia Coppola
蘇菲亞・柯波拉

Steven Spielberg
史蒂芬・史匹柏

Tim Burton
提姆・波頓

Wes Anderson
魏斯・安德森

Woody Allen
伍迪・艾倫

傳奇名導

Akira Kurosawa 黑澤明

Alfred Hitchcock
亞佛烈德・希區考克

Federico Fellini 費德里柯・費里尼

Francis Ford Coppola
法蘭西斯・福特・柯波拉

Francois Truffaut 法蘭索瓦・楚浮

Ingmar Bergman 英格瑪・伯格曼

Jean-Luc Godard 尚盧・高達

John Ford 約翰・福特

Luis Buñuel 路易斯・布紐爾

Sergio Leone 塞吉歐・李昂尼

Stanley Kubrick 史丹利・庫柏力克

Festivals & Awards 影展及獎項

各大影展

Asian Film Awards [ˋeʒən] [əˋwɔrdz] 亞洲電影大獎

BAFTA Awards (the British Academy of Film and Television Arts) [ˋbæftə] [ˋbrɪtɪʃ] [əˋkædəmi] [fɪlm] [ˋtɛlə͵vɪʒən] 英國影藝學院獎

Cannes Film Festival — Palme d'Or [kæn] [ˋfɛstəvəl] [ˋpɑm͵dɔr] 坎城影展【金棕櫚獎】

European Film Awards [͵jʊrəˋpiən] 歐洲電影獎

Golden Globe Awards [ˋgoldən] [glob] 金球獎

Golden Horse Film Festival [hɔrs] 金馬影展

Oscars — the Academy Awards [ˋɑskəz] 奧斯卡金像獎

Sundance Film Festival [ˋsʌn͵dæns] 日舞影展

The Berlin International Film Festival — The Golden Bear [bəˋlɪn] [͵ɪntəˋnæʃnəl] [bɛr] 柏林國際影展【金熊獎】

The Gotham Awards [ˋgɑθəm] 哥譚獨立電影獎

Venice Film Festival [ˋvɛnəs] 威尼斯影展

- Golden Lion [ˋlaɪən] 【金獅獎】
- Grand Jury Prize [grænd] [ˋdʒʊri] [praɪz] 【評審團特別獎】

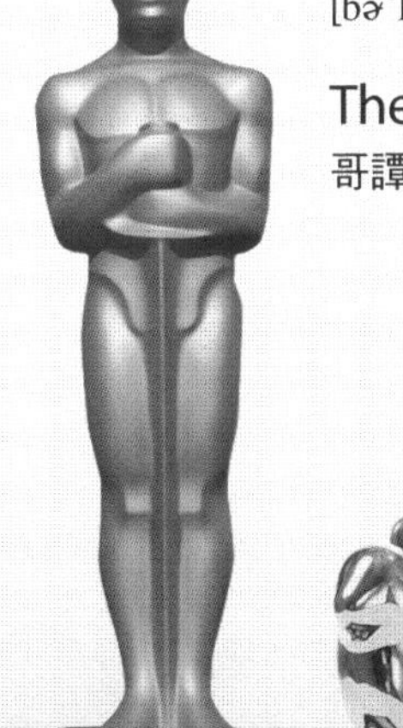

休閒娛樂

Movie Terminology
電影用語

常見電影用語

agent [ˋedʒənt] 代理商

blockbuster [ˋblɑk͵bʌstɚ] 賣座片

blooper [ˋblupɚ] NG 片段；花絮

bomb [bɑm] 票房慘敗

box office [bɑks] [ˋɑfəs] 票房

cameo [ˋkæmi͵o] 客串

cast [kæst] 卡司

close-up [ˋklos͵ʌp] 特寫

coda [ˋkodə] 片尾（含演職表及花絮等）

comic relief [ˋkɑmɪk] [rɪˋlif] 喜劇性穿插

cut [kʌt] 剪接

dubbing [ˋdʌbɪŋ] 配音

Easter egg [ˋistɚ] [ɛg] 彩蛋（電影中刻意安排的巧思）

edit [ˋɛdət] 剪輯

end credits [ɛnd] [ˋkrɛdɪts] 演職表

flashback [ˋflæʃ͵bæk] 倒敘

frame [frem]（電影）畫面、鏡頭

green screen [skrin] 綠幕

homage [o`mɑdʒ] 致敬

mise-en-scène
[ˏmiˏzɑn`sɛn] 場面調度

mo-cap (motion-capture)
[`mo`kæp] [`moʃən`kæptʃɚ] 動態捕捉

montage [mɑn`tɑʒ] 蒙太奇（以快速剪接的影像轉換場景，通常用來暗示時間的流逝及過去的事件）

opening credits [`opnɪŋ] 片頭字幕

plot [plɑt] 情節

running schedule [`rʌnɪŋ] [`skɛdʒul] 檔期

screenplay [`skrinˏple] 電影劇本

script [skrɪpt] 腳本

slapstick [`slæpˏstɪk] 鬧劇

soundtrack [`saʊndˏtræk] 原聲帶

special effects [`spɛʃəl] [ɪ`fɛkts] 特效

spoiler [`spɔɪlɚ] 爆雷；劇透

starring [`stɑrɪŋ] 主演

subtitle [`sʌbˏtaɪtḷ] 字幕

take [tek]（一次拍攝的）場景、鏡頭

trailer/preview [`trelɚ] / [`priˏvju] 預告片

voice-over [`vɔɪsˏovɚ] 旁白

Movies 電影

Movie Versions 電影版本

常見版本

adaptation [ˏæˏdæp`teʃən] 改編

collector's edition [kə`lɛktɚz] 收藏版

director's cut [də`rɛktɚz] [kʌt] 導演版

extended cut [ɪk`stɛndɪd] 加長版

film franchise/series [`frænˏtʃaɪz] [`sɪriz] 系列電影

limited edition [`lɪmətəd] [ɪ`dɪʃən] 限定版

original version [ə`rɪdʒənl] [`vɝʒən] 原版；原著

premiere [prɪ`mɪr] 首映

prequel [`prikwəl] 前傳

reboot [ri`but] 重新詮釋

remake [ri`mek] 重拍

sequel [`sikwəl] 續集

spinoff [`spɪnˏɔf] 週邊商品

tetralogy [tɛ`trɑlədʒi] 四部曲

trilogy [`trɪlədʒi] 三部曲

unrated version [ˏʌn`retəd] 未分級版

Movies 電影

Film Industry Jobs 電影產業工作

電影工作相關人員

camera operator [ˋkæmrə] [ˋɑpəˏretɚ] 攝影師

casting director [ˋkæstɪŋ] [dəˋrɛktɚ] 選角導演

choreographer [ˏkɔriˋɑgrəfɚ] 動作指導

costume designer [ˋkɑstum] [dɪˋzaɪnɚ] 服裝設計

director [dəˋrɛktɚ] 導演

director of photography [fəˋtɑgrəfi] 攝影指導

distributor [dɪˋstrɪbjutɚ] 發行人

editor [ˋɛdətɚ] 剪輯師

executive producer [ɪgˋzɛkətɪv] [prəˋdusɚ] 監製

gaffer [ˋgæfɚ] 燈光師

makeup artist [ˋmeˏkʌp] [ˋɑrtɪst] 化妝師

producer [prəˋdusɚ] 製片

production designer [prəˋdʌkʃən] 美術指導

prop maker [prɑp] [ˋmekɚ] 道具師

screenwriter [ˋskrinˏraɪtɚ] 編劇

script supervisor [skrɪpt] [ˋsupɚˏvaɪzɚ] 場記

sound designer [saʊnd] 音效設計

sound mixer [ˋmɪksɚ] 混音師

stunt performer [stʌnt] [pɚˋfɔrmɚ] 特技演員

休閒娛樂

3-D glasses [ˋθriˋdi] [ˋglæsɪz] 3-D 眼鏡

box office [bɑks] [ˋɑfəs] 售票處

concession stand [kənˋsɛʃən] [stænd] 販賣部

cutout stand-up [ˋkʌt͵aʊt] [ˋstænd͵ʌp] 廣告立牌

drink dispenser [drɪŋk] [dɪˋspɛnsɚ] 飲料機

emergency exit [ɪˋmɝdʒənsi] [ˋegzət] 緊急逃生出口

popcorn machine [ˋpɑp͵kɔrn] [məˋʃin] 爆米花機

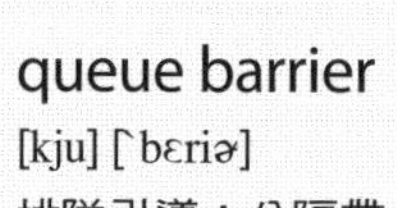

queue barrier [kju] [ˋbɛriɚ] 排隊引導；分隔帶

showtime monitor [ˋʃo͵taɪm] [ˋmɑnətɚ] 放映時間顯示螢幕

ticket seller
[ˋtɪkət] [ˋsɛlɚ] 售票員

ticket stub
[stʌb] 票根

usher [ˋʌʃɚ]
帶位員；剪票員

velvet rope [ˋvɛlvət] [rop] 絨繩

will call
[wɪl] [kɔl]
預購取票處

電影零食

churro
[ˋtʃuro] 吉拿棒

nachos
[ˋnɑtʃoz] 玉米片

hot dog
[ˋhɑtˏdɔg] 熱狗

popcorn
[ˋpɑpˏkɔrn] 爆米花

pretzel [ˋprɛtsəl]
椒鹽卷餅；蝴蝶脆餅

soft drink
[sɔft] [drɪŋk]
不含酒精的飲料（通常指汽水）

電影分級制度

G | G — General Audiences
[ˋdʒɛnrəl] [ˋɔdiəns] 一般觀眾

PG | PG — Parental Guidance Suggested
[pəˋrɛntl̩] [ˋgaɪdn̩s] [səgˋdʒɛstɪd] 建議家長指導

PG-13 | PG-13 — Parents Strongly Cautioned
[ˋpɛrənts] [ˋstrɔŋli] [ˋkɔʃənd] 家長需特別注意

R | R — Restricted
[rɪˋstrɪktəd] 限制級

NC-17 | NC-17 — Adults Only
[əˋdʌlts] 17 歲或以下不得觀賞

NR/UR | NR/UR — not rated / unrated
[ˏʌnˋretəd] 未分級

好萊塢電影景點

Dolby Theatre
[ˋdɔlbi] [ˋθiətɚ] 杜比劇院

Hollywood Sign
[ˋhɑliˏwʊd] [saɪn]
好萊塢標誌

Hollywood Walk of Fame
[wɔk] [fem] 好萊塢星光大道

Madame Tussauds Hollywood

[mə`dæm] [tʊ`sɔdz] 好萊塢杜莎夫人蠟像館

TLC Chinese Theatre

[tʃaɪ`niz] TLC 中國戲院

六大片商

20th Century Fox

[ˋsɛntʃri] [fɑks] 二十世紀福斯影片公司

- Fox Searchlight Pictures

  [ˋsɜtʃˏlaɪt] [ˋpɪktʃəz] 福斯探照燈影業

Paramount Pictures

[ˋpɛrəˏmaʊnt] 派拉蒙影視公司

- MTV Films

  MTV 電影

- Nickelodeon [ˏnɪkə`lodiən]

  尼可羅頓國際兒童頻道

- Viacom 18 [ˋvaɪəˏkʌm]

  維亞康姆 18 頻道

Sony Pictures [ˋsoni] 索尼影業

- Columbia Pictures [kə`lʌmbiə]

  哥倫比亞電影公司

- Screen Gems [skrin] [dʒɛmz]

  螢幕寶石電影公司

- Sony Animation [ˏænə`meʃən]

  索尼動畫

- TriStar [ˋtraɪˏstɑr] 三星電影公司

Universal Pictures [ˏjunəˋvɝsəl] 環球影業

- Amblin Partners
  [ˋæmblən] [ˋpɑrtnɚz] 安培林
- Dreamworks
  [ˋdrimˏwɝks] 夢工廠
- Focus Features
  [ˋfokəs] [ˋfitʃɚz] 焦點影業
- Gramercy [ˋgræmɝsi]
- Working Title [ˋwɝkɪŋ] [ˋtaɪtl̩]

Walt Disney Pictures
[wɔlt] [ˋdɪzni] 華特迪士尼影業

- LucasFilm
  [ˋlukəsˏfɪlm] 盧卡斯影業
- Marvel Studios
  [ˋmɑrvəl] [ˋstjudioz] 漫威工作室
- Pixar [ˋpɪksɑr] 皮克斯動畫工作室
  - Touchstone Pictures
    [ˋtʌtʃˏston] 正金石影業

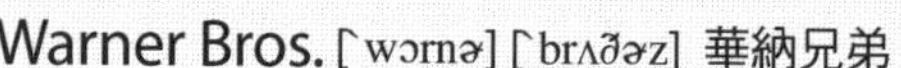

Warner Bros. [ˋwɔrnɚ] [ˋbrʌðɚz] 華納兄弟

- Castle Rock [ˋkæsəl] [rɑk] 城堡石娛樂公司
- DC Films DC 影業
- HBO Films HBO 影業
- New Line Cinema [nu] [laɪn] [ˋsɪnəmə]
  新線影業

Music 音樂

Genres 類型

常見音樂類型

blues [bluz] 藍調

classical [ˋklæsɪkəl] 古典樂

country [ˋkʌntri] 鄉村音樂

disco [ˋdɪsko] 迪斯可音樂

easy listening [ˋizi] [ˋlɪsn̩ɪŋ] 輕音樂

electronic [ɪˏlɛkˋtrɑnɪk] 電子音樂

folk [fok] 民謠

gospel [ˋgɑspəl] 福音音樂

hip-hop [ˋhɪpˏhɑp] 嘻哈音樂

jazz [dʒæz] 爵士樂

K-pop [ˋkeˏpɑp] 韓國流行音樂

opera [ˋɑprə] 歌劇

pop [pɑp] 流行音樂

R&B (rhythm and blues) [ˋrɪðəm] [bluz] 節奏藍調

rap [ræp] 饒舌樂

reggae [ˋrɛge] 雷鬼樂

rock 'n' roll [ˏrɑkənˋrol] 搖滾樂

西洋歌壇男歌手

Bob Dylan
巴布・迪倫

Bruno Mars
火星人・布魯諾

Calvin Harris
凱文・哈里斯

Drake
德瑞克

Ed Sheeran
紅髮艾德

Elton John
艾爾頓・強

Eminem
阿姆

Eric Clapton
艾瑞克・克萊普頓

Flo Rida
佛羅・里達

Jay Z

John Legend
約翰・傳奇

John Mayer
約翰・梅爾

Justin Bieber
賈斯汀・比伯（小賈斯汀）

Justin Timberlake
賈斯汀・提姆布萊克

Kanye West
肯伊・威斯特

Paul McCartney
保羅・麥卡尼

Sam Smith
山姆 ・ 史密斯

Stevie Wonder
史提夫・汪達

Sting
史汀

Usher
亞瑟小子

西洋歌壇女歌手

Adele
愛黛兒

Ariana Grande
亞莉安娜・格蘭德

Avril Lavigne
艾薇兒・拉維尼

Beyonce
碧昂絲

Britney Spears
布蘭妮・斯皮爾斯
（小甜甜布蘭妮）

Celine Dion
席琳・狄翁

Cher
雪兒

Christina Aguilera
克莉絲汀・阿奎萊拉

Janet Jackson
珍妮・傑克遜

Jennifer Lopez
珍妮佛・洛佩茲

Katy Perry
凱蒂・佩芮

Kylie Minogue
凱莉・米洛

Lady Gaga
女神卡卡

Madonna
瑪丹娜

Mariah Carey
瑪麗亞・凱莉

Norah Jones
諾拉・瓊絲

Rihanna
蕾哈娜

Sarah McLachlan
莎拉・麥克勞克蘭

Shakira
夏奇拉

Taylor Swift
泰勒絲

Tina Turner
蒂娜・透納

傳奇歌手

PLAY ALL
TRACK 70

Amy Winehouse 艾美・懷絲

David Bowie 大衛・鮑伊

Donna Summer 唐娜・桑默

Ella Fitzgerald 艾拉・費茲潔拉

Elvis Presley
艾維斯・普里斯萊（貓王）

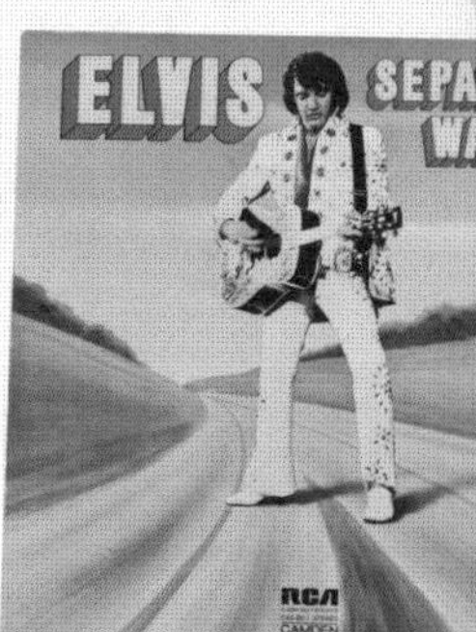

Frank Sinatra 法蘭克・辛納屈

George Michael 喬治・麥可

John Denver 約翰・丹佛

John Lennon 約翰・藍儂

Johnny Cash 強尼・凱許

Karen Carpenter 凱倫・卡本特

Marvin Gaye 馬文・蓋伊

Michael Jackson
麥可・傑克遜

Prince 王子

Ray Charles 雷・查爾斯

Whitney Houston
惠妮・休斯頓

Music 音樂

Bands 樂團

熱門樂團

5 Seconds of Summer [ˋsɛkəndz] [ˋsʌmɚ] 到暑五秒

A Tribe Called Quest [traɪb] [kɔld] [kwɛst] 探索一族

Coldplay [ˋkoldˏple] 酷玩樂團

Daft Punk [dæft] [pʌŋk] 傻瓜龐克

Imagine Dragons [ɪˋmædʒən] [ˋdrægənz] 謎幻樂團

Kings of Leon [kɪŋz] [ˋliɑn] 里昂王族

Linkin Park [ˋlɪŋkən] [pɑrk] 聯合公園

Major Lazer [ˋmedʒɚ] [ˋlezɚ] 超級雷射光

Maroon 5 [məˋrun] [faɪv] 魔力紅

One Direction [wʌn] [dəˋrɛkʃən] 1 世代

OneRepublic [ˋwʌnrɪˋpʌblɪk] 共和世代

Radiohead [ˋredioˏhɛd] 電台司令

The 1975 1975 樂團

Vampire Weekend [ˋvæmˏpaɪr] [ˋwikˏɛnd] 吸血鬼週末

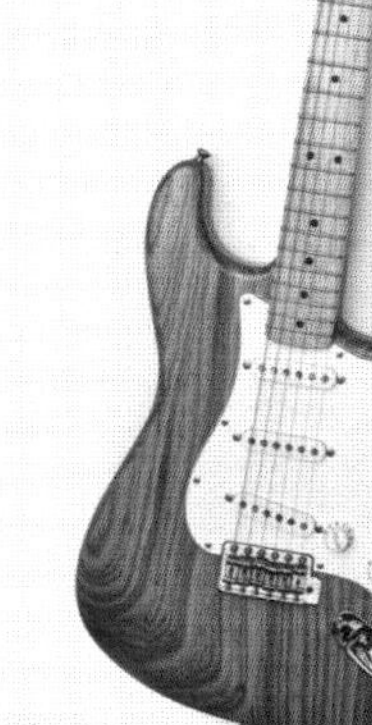

PLAY ALL
TRACK 72

經典樂團

ABBA [ˋɑbə] 阿巴合唱團

Aerosmith
[ˋɛrosmɪθ] 史密斯飛船

Air Supply
[ɛr] [səˋplaɪ] 空中補給

Bee Gees [bi] [dʒiz] 比吉斯

Bon Jovi 邦喬飛

Carpenters [ˋkɑrpəntəz] 木匠兄妹

Eagles [ˋigəlz] 老鷹合唱團

Guns N' Roses [gʌnz] [ˋrozɪz] 槍與玫瑰

Led Zeppelin [lɛd] [ˋzɛpələn] 齊柏林飛船

Nirvana [nəˋvɑnə] 超脫樂團

Oasis [oˋesəs] 綠洲合唱團

Pink Floyd [ˏpɪŋkˋflɔɪd] 平克・佛洛伊德

Queen [kwin] 皇后合唱團

Simon & Garfunkel
[ˋsaɪmən] [ˋgɑrfʌnkḷ] 賽門與葛芬柯

The Beach Boys [bitʃ] [bɔɪz] 海灘男孩

The Beatles [ˋbitḷz] 披頭四樂團

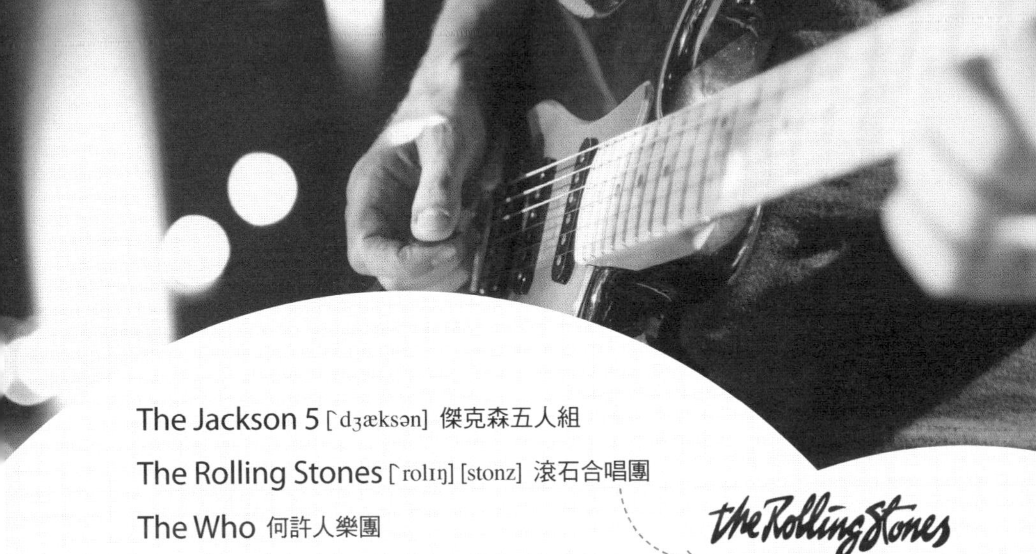

The Jackson 5 [ˋdʒæksən] 傑克森五人組

The Rolling Stones [ˋrolɪŋ] [stonz] 滾石合唱團

The Who 何許人樂團

U2 U2 樂團

the Rolling Stones

昔日偶像團體

PLAY ALL
TRACK 73

Aqua [ˋɑkwə] 水叮噹

Backstreet Boys [ˋbæk͵strit] [bɔɪz] 新好男孩

Boyzone [ˋbɔɪˋzon] 男孩特區（已解散）

Destiny's Child
[ˋdɛstənɪz] [tʃaɪld] 天命真女（已解散）

NSYNC [ˋɛnsɪŋk] 超級男孩（已解散）

Spice Girls [spaɪs] [gɝlz]
辣妹合唱團（已解散）

Take That [tek] [ðæt] 接招合唱團（已解散）

Westlife [ˋwɛst͵laɪf] 西城男孩（已解散）

Music 音樂

Musicals 音樂劇

知名音樂劇

A Chorus Line [ˋkɔrəs] [laɪn] 歌舞線上

An American in Paris [əˋmɛrəkən] [ˋpærəs] 一個美國人在巴黎

Beauty and the Beast [ˋbjuti] [bist] 美女與野獸

Cabaret [ˏkæbəˋre] 歌廳

Cats [kæts] 貓

Chicago [ʃəˋkɑgo] 芝加哥

Jersey Boys [ˋdʒɝzi] 澤西男孩

Les Misérables [leˏmɪzəˋrɑbəl] 悲慘世界

Mamma Mia! [ˋmɑmə] [ˋmɪjɑ] 媽媽咪呀

Miss Saigon [mɪs] [saɪˋgɑn] 西貢小姐

Notre-Dame de Paris [ˏnɔtrəˋdɑm] 鐘樓怪人

Oh! Calcutta! [kælˋkʌtə] 噢！加爾各答

Oklahoma! [ˏokləˋhomə] 奧克拉荷馬

Rent [rɛnt] 吉屋出租

The Lion King [ˋlaɪən] [kɪŋ] 獅子王

The Phantom of the Opera [ˋfæntəm] [ˋɑprə] 歌劇魅影

The Producers [prəˋdusɚz] 金牌製作人

West Side Story [wɛst] [saɪd] [ˋstɔri] 西城故事

Wicked [ˋwɪkəd] 女巫前傳

Orchestra
交響樂團

全球著名交響樂團

Bavarian Radio Symphony Orchestra
[bəˋvɛriən] [ˋredɪˏo] [ˋsɪmfənɪ] [ˋɔrkəstrə]
巴伐利亞廣播交響樂團

Berlin Philharmonic
[bɚˋlɪn] [ˏfɪlharˋmɑnɪk] 柏林愛樂樂團

Boston Symphony Orchestra
[ˋbɔstən] 波士頓交響樂團

Chicago Symphony Orchestra
[ʃəˋkɑgo] 芝加哥交響樂團

Leipzig Gewandhaus Orchestra
[ˋlaɪpsɪg] 萊比錫布商大廈管弦樂團

London Symphony Orchestra [ˋlʌndən] 倫敦交響樂團

Royal Concertgebouw Orchestra
[ˋrɔɪəl] 皇家音樂廳管弦樂團（荷蘭）

Staatskapelle Berlin 柏林國立樂團

Staatskapelle Dresden
[ˋdrɛzdən] 德勒斯登薩克森國立樂團

Vienna Philharmonic (VPO)
[viˋɛnə] 維也納愛樂樂團

Music 音樂

Instruments 樂器

木管樂器

PLAY ALL TRACK 76

woodwind [`wʊdˏwɪnd] 木管樂器

bassoon

[bə`sun] 低音管；巴松管

clarinet [ˏklɛrə`nɛt]

單簧管；豎笛；黑管

flute [flut] 長笛

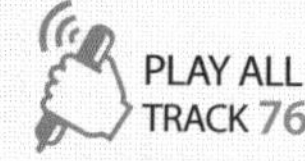

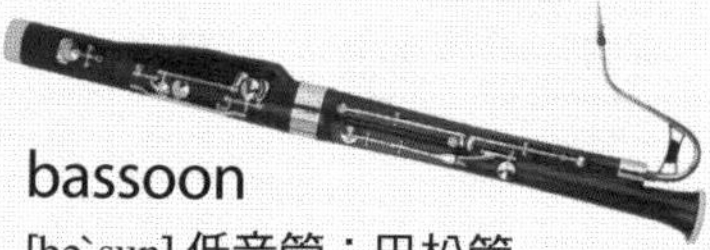

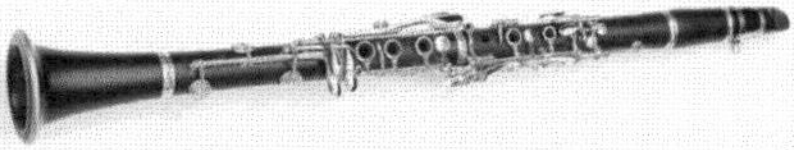

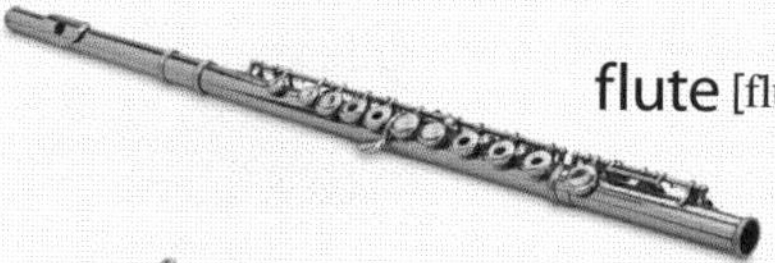

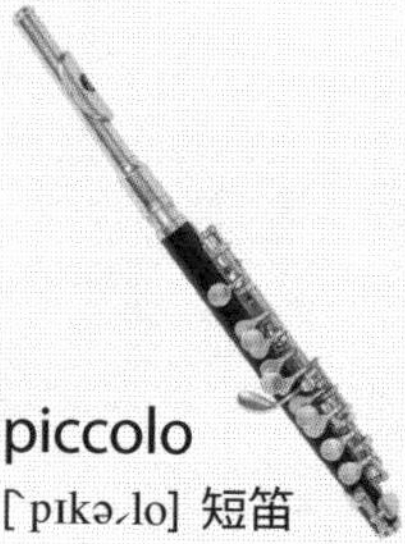

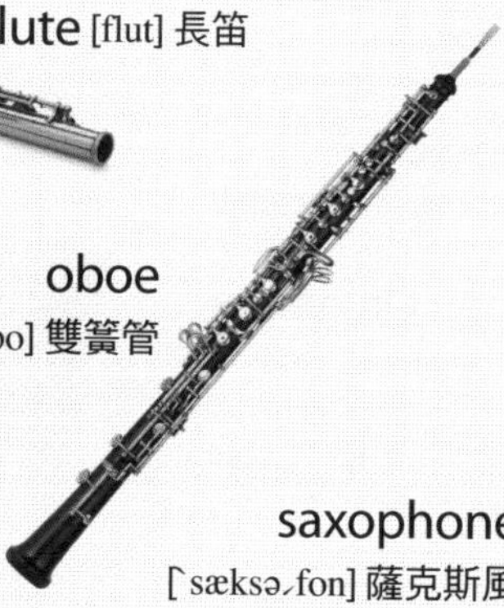

piccolo

[`pɪkəˏlo] 短笛

oboe

[`obo] 雙簧管

saxophone

[`sæksəˏfon] 薩克斯風

銅管樂器

PLAY ALL TRACK 77

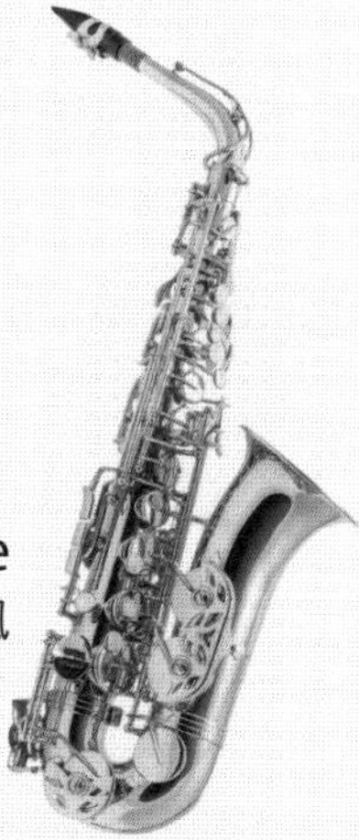

brass instrument [bræs] [`ɪnstrəmənt] 銅管樂器

French horn [frɛntʃ] [hɔrn] 法國號

trumpet

[`trʌmpət] 小喇叭；小號

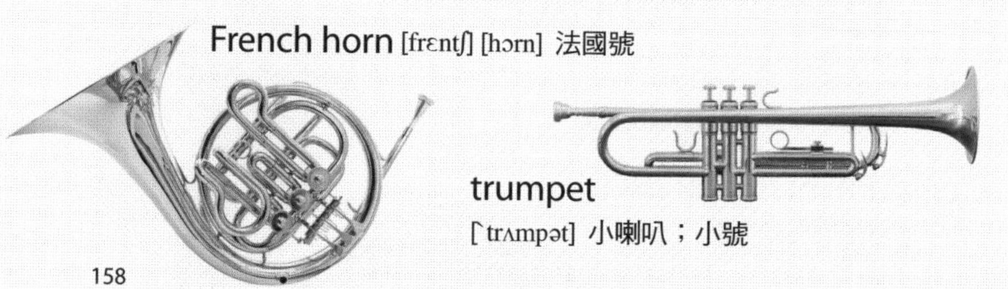

trombone [trɑm`bon]
伸縮喇叭；長號

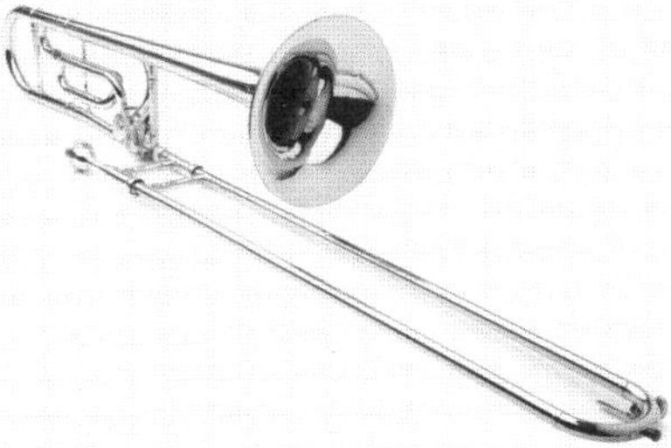

tuba [`tubə]
低音大喇叭；低音號

弦樂器

string [strɪŋ] 弦樂器

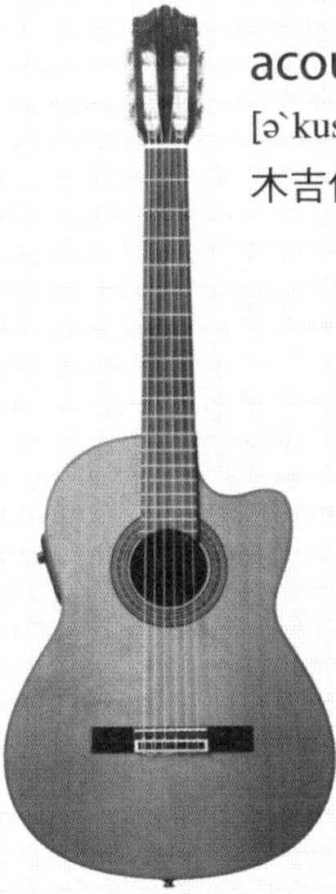

acoustic guitar
[ə`kustɪk] [gɪ`tɑr]
木吉他；原聲吉他

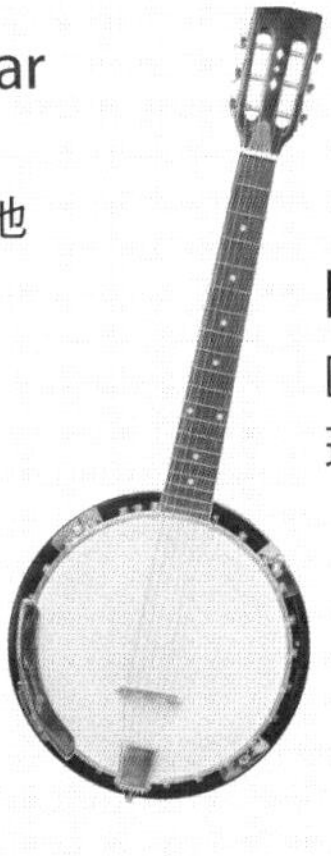

banjo
[`bændʒo]
斑鳩琴

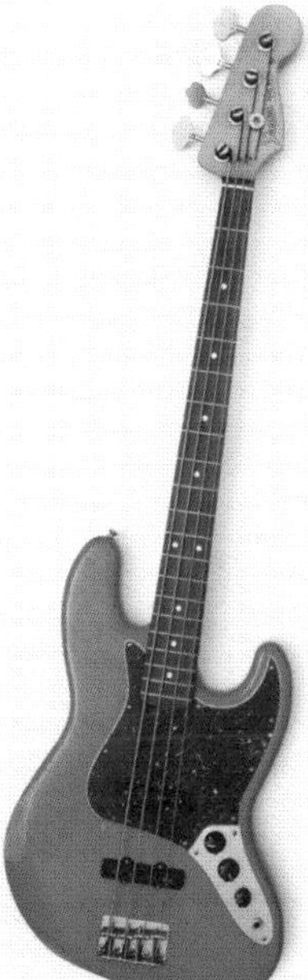

bass [bes]
貝斯；低音吉他

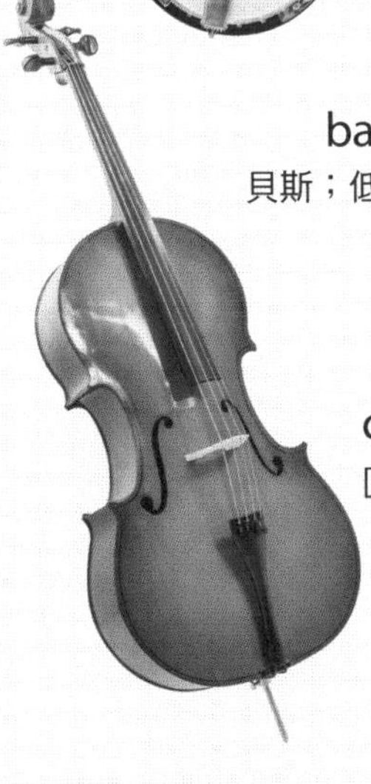

cello
[`tʃɛlo] 大提琴

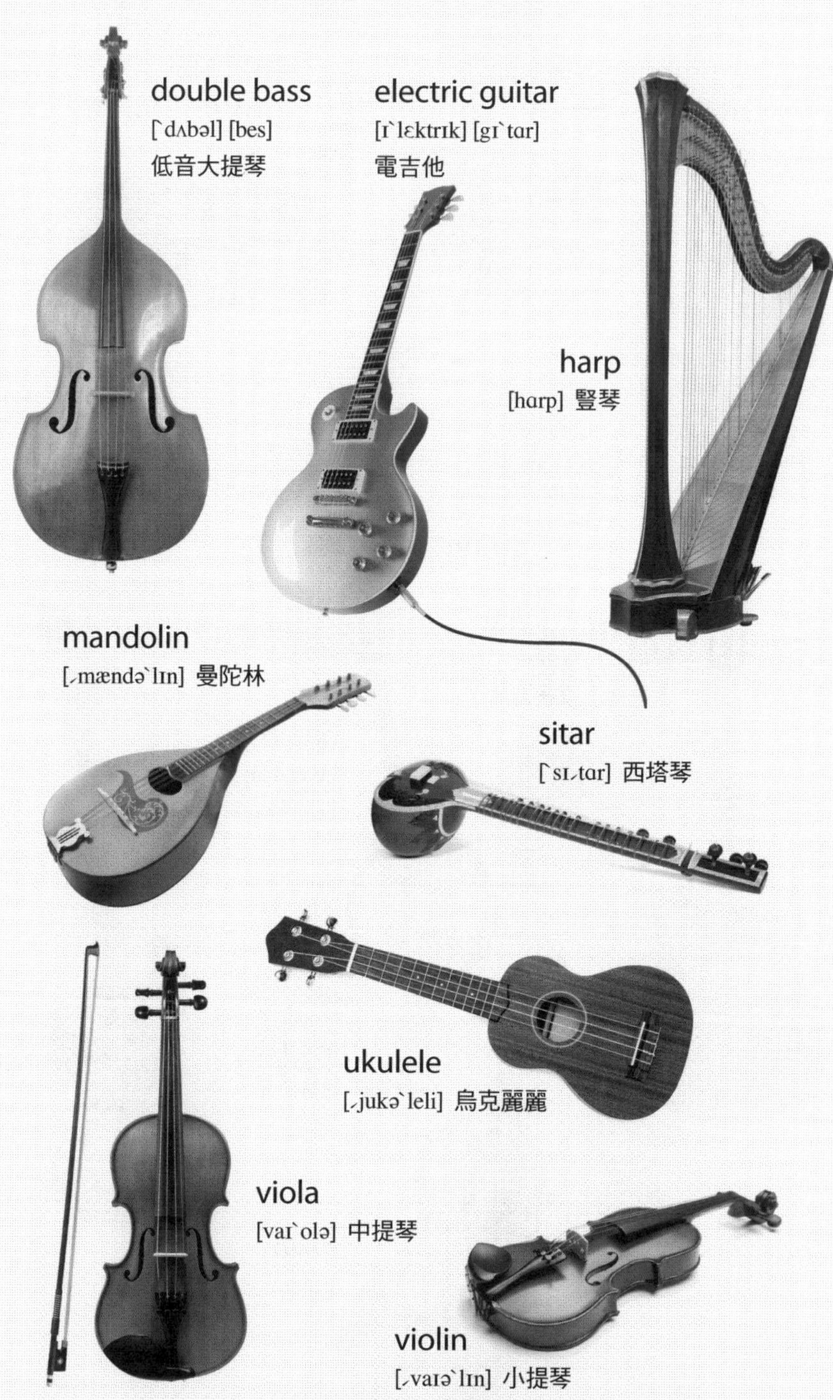
double bass
[ˋdʌbəl] [bes]
低音大提琴
electric guitar
[ɪˋlɛktrɪk] [gɪˋtɑr]
電吉他
harp
[hɑrp] 豎琴
mandolin
[ˏmændəˋlɪn] 曼陀林
sitar
[ˋsɪˏtɑr] 西塔琴
ukulele
[ˏjukəˋleli] 烏克麗麗
viola
[vaɪˋolə] 中提琴
violin
[ˏvaɪəˋlɪn] 小提琴

打擊樂器

percussion [pɚˋkʌʃən] 打擊樂器

bongos [ˋbɑŋgoz] 邦哥鼓

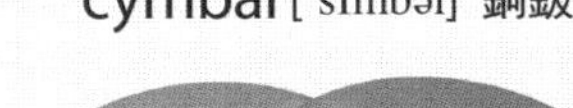

cymbal [ˋsɪmbəl] 銅鈸

drum kit
[drʌm] [kɪt] 爵士鼓

glockenspiel
[ˋglɑkənˏspil] 鐘琴

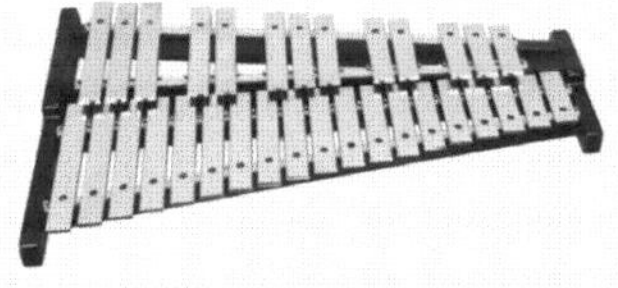

tambourine
[ˏtæmbəˋrin]
鈴鼓；搖鼓

timpani
[ˋtɪmpəni]
定音鼓

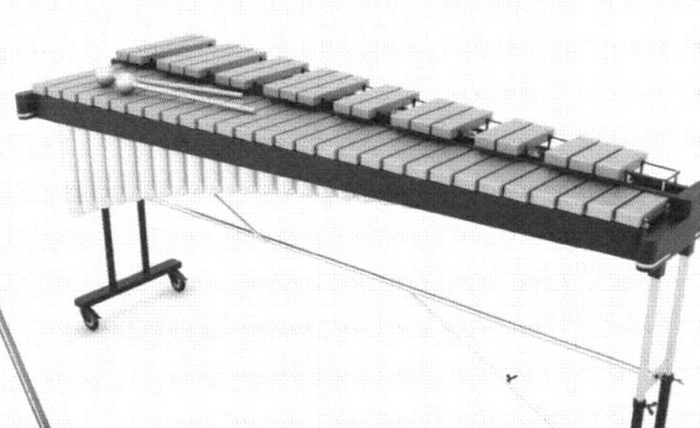

triangle
[ˋtraɪˏæŋgəl] 三角鐵

xylophone
[ˋzaɪləˏfon] 木琴

鍵盤樂器

PLAY ALL
TRACK 80

keyboard [ˋkiˏbɔrd] 鍵盤樂器

accordion
[əˋkɔrdiən]
手風琴

harpsichord
[ˋhɑrpsɪˏkɔrd]
大鍵琴

organ [ˋɔrgən]
管風琴；風琴

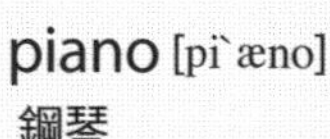

piano [piˋæno]
鋼琴

其他樂器

PLAY ALL
TRACK 81

harmonica
[hɑrˋmɑnɪkə] 口琴

ocarina
[ˏɑkəˋrinə] 陶笛

Music 音樂

Record Labels 唱片公司

唱片公司

Sony Music Entertainment
[ˋsoni] [ˏɛntɚˋtenmənt] 索尼音樂娛樂

- Columbia Records
  [kəˋlʌmbiə] [ˋrɛkɚdz] 哥倫比亞唱片
- Epic Records [ˋɛpɪk] 史詩唱片
- RCA Records RCA 唱片

Universal Music Group [ˏjunəˋvɝsəl] 環球音樂集團

- A&M Records A&M 唱片
- Capitol Music Group [ˋkæpətl̩] 國會音樂集團
- Caroline Records [ˋkærəˏlaɪn] Caroline 唱片（地下音樂）
- Def Jam Recordings [dɛf] [dʒæm]
  Def Jam 唱片公司（嘻哈音樂）
- Eagle Rock Entertainment [ˋigəl] [rɑk] 鷹石娛樂
- Geffen Records 格芬唱片
- Interscope Records [ˋɪntɚˏskop] 新視鏡唱片公司
- Island Records [ˋaɪlənd] 小島唱片（搖滾和雷鬼音樂）

休閒娛樂

Warner Music Group [ˋwɔrnɚ] 華納音樂集團

- Atlantic Records [ətˋlæntɪk] 大西洋唱片
- Mute Records [mjut] Mute 唱片
- Parlophone Records [ˋpɑrlo͵fon] Parlophone 唱片
- Rhino Entertainment [ˋraɪno] 犀牛娛樂公司
- Warner Bros. Records 華納兄弟唱片公司

串流音樂平台

Amazon Music [ˋæmə͵zɑn] 亞馬遜音樂串流服務

Apple Music [ˋæpəl] 蘋果音樂串流服務

Google Play Music [ˋgugəl] Google Play 音樂

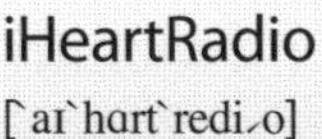

iHeartRadio [ˋaɪˋhɑrtˋredɪ͵o]

NetEase Cloud Music [ˋnɛtˋiz] [klaʊd] 網易雲音樂

Pandora [pænˋdɔrə] Pandora 線上音樂

Rhapsody [ˋræpsədi] Rhapsody 音樂串流服務

Soundcloud [ˋsaʊnd͵klaʊd] Soundcloud 音樂平台

Spotify [ˋspɑtə͵faɪ] Spotify 串流音樂服務

Tidal [ˋtaɪdl] Tidal 音樂串流服務

Television 電視

Genres 節目類型

類型及代表節目

action and adventure [ˋækʃən] [ədˋvɛntʃɚ] 動作冒險

- *24* [ˋtwɛntiˋfɔr] 24 小時反恐任務
- *Hawaii Five-0* [həˋwɑji] [ˋfaɪvˋo] 檀島警騎 2.0
- *MacGyver* 馬蓋先

animation/cartoon [ˏænəˋmeʃən] / [kɑrˋtun] 動畫／卡通

- *Scooby-Doo, Where Are You!*
  史酷比（叔比狗），你在哪裡！
- *South Park* [saʊθ] [pɑrk] 南方公園
- *Teenage Mutant Ninja Turtles*
  [ˋtinˏedʒ] [ˋmjutn̩t] [ˋnɪndʒə] [ˋtɝtl̩z] 忍者龜

cooking [ˋkʊkɪŋ] 烹飪

- *Hell's Kitchen*
  [hɛlz] [ˋkɪtʃən] 地獄廚房
- *Iron Chef*
  [ˋaɪɚn] [ʃɛf] 鐵人料理
- *MasterChef*
  [ˋmæstɚˏʃɛf] 廚神當道

educational [ˏɛdʒəˋkeʃənl̩] 教育

- *Mr. Rogers' Neighborhood*
  [ˋmɪstɚ] [ˋrɑdʒɚz] [ˋnebɚˏhʊd] 羅傑斯先生的鄰居們
- *MythBusters* [ˏmɪθˋbʌstɚz] 流言終結者
- *The Magic School Bus* [ˋmædʒɪk] [skul] [bʌs] 魔法校車

fantasy [ˋfæntəsi] 奇幻

- *Buffy the Vampire Slayer* [ˋbʌfi] [ˋvæmˏpaɪr] [ˋsleɚ] 魔法奇兵
- *Once Upon a Time* [wʌns] [əˋpɑn] [taɪm] 童話小鎮
- *Supernatural* [ˏsupɚˋnætʃərəl] 超自然檔案

historical period drama [hɪˋstɔrɪkəl] [ˋpɪriəd] [ˋdrɑmə] 歷史劇

- *Downton Abbey* [ˋdaʊtən] [ˋæbi] 唐頓莊園
- *Rome* [rom] 羅馬的榮耀
- *The Tudors* [ˋtudɚz] 都鐸王朝

horror [ˋhɔrɚ] 恐怖

- *American Horror Story*
  [əˋmɛrəkən] [ˋhɔrɚ] [ˋstɔri] 美國恐怖故事
- *Bates Motel* [bets] [moˋtɛl] 貝茲旅館
- *Hannibal* [ˋhænəbəl] 雙面人魔

kids/children
[kɪdz] / [ˋtʃɪldrən] 兒童

- *Curious George*
  [ˋkjʊriəs] [dʒɔrdʒ] 好奇猴喬治
- *Dora the Explorer*
  [ˋdɔrɑ] [ɪkˋsplɔrɚ] 愛探險的朵拉
- *Sesame Street* [ˋsɛsəmi] [strit] 芝麻街

late-night [ˏletˋnaɪt] 深夜節目

- *Conan* [ˋkonən] 康納秀
- *Jimmy Kimmel Live!*
  [ˋdʒɪmi] [ˋkɪməl] [laɪv] 吉米夜現場
- *The Late Show with Stephen Colbert*
  [ˋstivən] [kɔlˋbɛr] 史提芬・荷伯晚間秀

legal drama [ˋligəl] 法庭劇

- *Law & Order* [lɔ] [ˋɔrdɚ] 法網遊龍
- *Suits* [suts] 金裝律師
- *The Good Wife*
  [gʊd] [waɪf] 法庭女王

medical drama [ˋmɛdɪkəl] 醫療劇

- *Grey's Anatomy*
  [grez] [əˋnætəmi] 實習醫生
- *House* [haʊs] 怪醫豪斯
- *Nurse Jackie* [nɝs] 護士當家

miniseries [ˋmɪni͵sɪriz]
電視連續短劇（迷你劇）

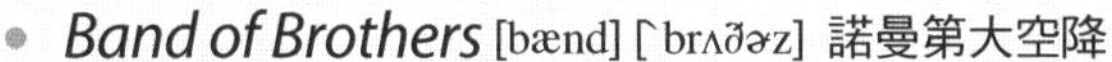

- *Band of Brothers* [bænd] [ˋbrʌðɚz] 諾曼第大空降
- *Prison Break: Resurrection* [ˋprɪzn̩] [brek] [͵rɛzəˋrɛkʃən] 越獄風雲
- *The Night Manager* [ˋmænɪdʒɚ] 夜班經理

mockumentary [͵mɑkjəˋmɛntəri] 仿紀錄片

- *Modern Family* [ˋmɑdɚn] [ˋfæməli] 摩登家庭
- *Parks and Recreation* [pɑrks] [͵rɛkriˋeʃən] 公園與遊憩
- *The Office* [ˋɔfəs] 辦公室瘋雲

nature/wildlife documentary
[ˋnetʃɚ] / [ˋwaɪd͵laɪf] [͵dɑkjəˋmɛntəri] 自然／野生紀錄片

- *Meerkat Manor*
  [ˋmɪr͵kæt] [ˋmænɚ] 狐獴大宅門
- *Planet Earth*
  [ˋplænət] [ɝθ] 地球脈動
- *The Crocodile Hunter*
  [ˋkrɑkə͵daɪl] [ˋhʌntɚ] 鱷魚獵手

political drama [pəˋlɪtɪkəl] 政治劇

- *House of Cards* [kɑrdz] 紙牌屋
- *Madam Secretary* [ˋmædəm] [ˋsɛkrəˏtɛri] 國務卿女士
- *The West Wing* [wɛst] [wɪŋ] 白宮風雲

reality competition

[riˋæləti] [ˏkɑmpəˋtɪʃən] 競賽真人秀

- *America's Next Top Model*
  [nɛkst] [tɑp] [ˋmɑdḷ] 超級名模生死鬥
- *Project Runway*
  [ˋprɑˏdʒɛkt] [ˋrʌnˏwe] 決戰時裝伸展台
- *The Bachelor*
  [ˋbætʃlə] 倖存者

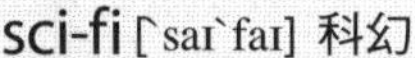

sci-fi [ˋsaɪˋfaɪ] 科幻

- *Battlestar Galactica*
  [ˋbætḷˏstɑr] [gəˋlæktɪkə] 星際大爭霸
- *Dr. Who* 超時空奇俠
- *Star Trek: TNG* [stɑr] [trɛk]
  銀河飛龍

sitcom [ˋsɪtˏkɑm] 情境喜劇

- *Arrested Development*
  [əˋrɛstɪd] [dɪˋvɛləpmənt] 發展受阻
- *Fresh off the Boat*
  [frɛʃ] [ɔf] [bot] 菜鳥新移民
- *The Big Bang Theory*
  [bɪg] [bæŋ] [ˋθiəri]
  宅男行不行；生活大爆炸

sketch comedy / variety show
[skɛtʃ] [ˋkɑmədi] / [vəˋraɪəti] [ʃo] 喜劇小品

- *Chapelle's Show*
  [ʃɑˋpɛlz] 查普爾秀
- *Key & Peele* [ki] [pil] 阿奇與阿皮
- *Saturday Night Live* [ˋsætɚde] 週六夜現場

soap opera / daytime drama [sop] [ˋɑprə] / [ˋdeˏtaɪm] 肥皂劇

- *Days of Our Lives* 我們的日子
- *Guiding Light* [ˋgaɪdɪŋ] [laɪt] 指路明燈
- *The Young and the Restless*
  [jʌŋ] [ˋrɛstləs] 不安分的青春

talent show [ˋtælənt] 達人秀；選秀節目

- *America's Got Talent*
  [əˋmɛrəkəz] 美國達人
- *American Idol* [ˋaɪdl̩] 美國偶像
- *The Voice* [vɔɪs] 美國好聲音

talk show [tɔk] [ʃo] 名人訪談節目；脫口秀

- *The Ellen DeGeneres Show*
  [ˋɛlən dɪˋdʒɛnɚz] 艾倫愛說笑
- *The Oprah Winfrey Show*
  [ˋoprəˋwɪnfri] 歐普拉・溫芙蕾秀
- *The View* [vju] 觀點

teen drama [tin] 青年少劇

- *Beverly Hills, 90210* [ˋbɛvəli] [hɪlz] 飛越比佛利
- *Gossip Girl* [ˋgɑsəp] [gɝl] 花邊教主
- *Pretty Little Liars* [ˋprɪti] [ˋlɪtl̩] [ˋlaɪɚz] 美少女的謊言

其他節目類型

game show [gem] [ʃo] 遊戲節目

gardening show [ˋgardn̩ɪŋ] 園藝節目

hidden camera show [ˋhɪdn̩] [ˋkæmrə] 整人節目

home improvement [hom] [ɪmˋpruvmənt] 居家裝修類

lifestyle [ˋlaɪf͵staɪl] 生活風格類

makeover show [ˋmek͵ovɚ] 改造節目

music show [ˋmjuzɪk] 音樂節目

news and journalism
[njuz] [ˋdʒɝnə͵lɪzəm] 新聞節目

paranormal [͵pɛrəˋnɔrməl]
超自然類

sports [spɔrts] 運動類

travel/holiday [ˋtrævəl] / [ˋhɑlə͵de]
旅遊／度假類

美國熱門電視節目

60 Minutes [ˋsɪksti] [ˋmɪnəts] 60 分鐘

Breaking Bad [ˋbrekɪŋ] [bæd] 絕命毒師

Cheers [tʃɪrz] 歡樂酒店

CSI: Crime Scene Investigation
[kraɪm] [sin] [ɪnˏvɛstəˋgeʃən] CSI 犯罪現場

ER [ˋiˋɑr] 急診室的春天

Friends
[frɛndz] 六人行

Game of Thrones
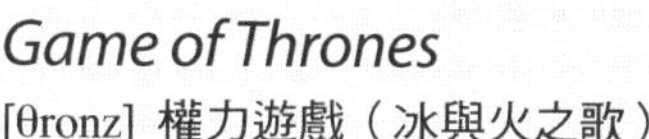
[θronz] 權力遊戲（冰與火之歌）

I Love Lucy 我愛露西

Seinfeld [ˋsaɪnfɛld] 歡樂單身派對

The Simpsons
[ˋsɪmpsn̩z] 辛普森家庭

The Sopranos
[səˋprænoz] 黑道家族

The X-Files [ˋɛksˏfaɪlz] X 檔案

Television 電視

TV Terminology 電視用語

常見用語

cliff-hanger [ˋklɪf͵hæŋɚ] 吊人胃口

closed-captioning [͵klozdˋkæpʃənɪŋ] 隱藏字幕

episode [ˋɛpə͵sod] 一集

jump the shark [dʒʌmp] [ʃɑrk] 失去吸引力（而出現一些荒謬的情節）

laugh track [læf] [træk] 罐頭笑聲

news ticker [njuz] [ˋtɪkɚ] 新聞跑馬燈

pilot [ˋpaɪlət] 試播節目、試播集

prime time [praɪm] [taɪm] 黃金時段

rating [ˋretɪŋ] 收視率

rerun [ˋri͵rʌn] 重播

season [ˋsizn̩] 季；播出期

season finale [fəˋnɑli] 季完結

season premiere [prɪˋmɪr] 季首播

series [ˋsɪriz] 系列節目

showrunner [ˋʃo͵rʌnɚ] 節目統籌；美國戲劇製作人

studio audience [ˋstjudio] [ˋɔdiəns] 現場觀眾

teleprompter [ˋtɛlə͵prɑmtɚ] 讀稿機；提詞機

Games 遊戲

Video Games 電玩遊戲

熱門電玩遊戲

Angry Birds [ˋæŋgri] [bɝdz] 憤怒鳥

BioShock [ˋbaɪo͵ʃɑk] 生化奇兵

Diablo III [diˋæblo] [θri] 暗黑破壞神 3

Final Fantasy [ˋfaɪnḷ] [ˋfæntəsi] 太空戰士

Grand Theft Auto [grænd] [θɛft] [ˋɔto] 俠盜獵車手

Halo [ˋhelo] 最後一戰

Minecraft [ˋmaɪn͵kræft] 當個創世神

Pac-Man [ˋpæk͵mæn] 小精靈

Pokémon GO [ˋpoki͵mɑn] [go] 精靈寶可夢 GO

Resident Evil [ˋrɛzədənt] [ˋivəl] 惡靈古堡

Skyrim [ˋskaɪ͵rɪm] 上古卷軸 V：無界天際

Sonic the Hedgehog [ˋsɑnɪk] [ˋhɛdʒ͵hɔg] 音速小子

Space Invaders [spes] [ɪnˋvedəz] 太空侵略者

Starcraft [ˋstɑr͵kræft] 星海爭霸

Street Fighter [strit] [ˋfaɪtɚ] 快打旋風

Super Mario Bros.
[ˋsupɚ] [ˋmɑrio] [ˋbrʌðɚz] 超級瑪利歐兄弟

Tetris [ˋtɛtrɪz] 俄羅斯方塊

The Legend of Zelda
[ˋlɛdʒənd] [ˋzɛldə] 薩爾達傳說

Wii Sports [wi] [spɔrts] Wii 運動

World of Warcraft (WoW) [wɝld] [ˋwɔrˏkræft] 魔獸世界

家用遊戲機

Atari 2600 [əˋtɑri] 雅達利 2600

Dreamcast [ˋdrimˏkæst]（世嘉）

GameCube [ˋgemˏkjub]（任天堂）

MagnaVox Odyssey [ˋmægnəˏvɑks] [ˋɑdəsi]
美格福斯奧德賽（全球第一台商業家用電子遊戲機）

Nintendo Entertainment System (NES)
[nɪnˋtɛndo] [ˏɛntɚˋtenmənt] [ˋsɪstəm] 任天堂遊戲機
（俗稱「紅白機 FAMICOM」）

Nintendo Switch [swɪtʃ] 任天堂 Switch

PlayStation (PS) [ˋpleˏsteʃən] PS（索尼）

Sega Genesis / Sega Mega Drive
[ˋsegə] [ˋdʒɛnəsəs] [ˋmɛgə] [draɪv]（世嘉）

Sega Saturn (SS) [ˋsætɚn] 世嘉土星

Super NES [ˋsupɚ] 超級任天堂

Wii [wi]（任天堂）

Xbox [ˋɛksˏbɑks]（微軟）

掌上型遊戲機

PLAY ALL
TRACK 90

Game Boy [gem] [bɔɪ]（任天堂）

Neo Geo Pocket [ˋpɑkət]（SNK）

Nintendo DS
[nɪnˋtɛndo] 任天堂 DS

PlayStation Portable (PSP)
[ˋpleˏsteʃən] [ˋpɔrtəbəl]（索尼）

PlayStation Vita
[ˋvitə]（索尼）

Tamagotchi
[ˏtæməˋgɑtʃi] 電子雞

Games 遊戲

Board Games 桌遊

PLAY ALL
TRACK 91

熱門桌遊名稱

Agricola [ə`grɪkələ] 農家樂

Apples to Apples [`æpəlz] 蘋果派對

Axis & Allies [`æksəs] [ə`laɪz] 軸心與同盟

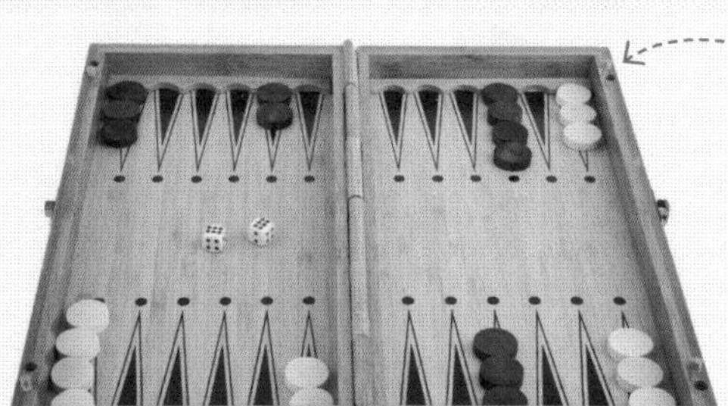

backgammon
[`bæk͵gæmən] 雙陸棋

Battleship
[`bætl̩͵ʃɪp] 海戰棋

Carcassonne
[͵kɑrkɑ`sɔn] 卡卡頌

checkers
[`tʃɛkɚz] 西洋跳棋

chess [tʃɛs] 西洋棋

Chinese chess
[tʃaɪ`niz] 象棋

Cluedo
[`klu͵do] 妙探尋兇（北美稱為 Clue）

Connect 4
[kə`nɛkt] [fɔr]
屏風式四子棋

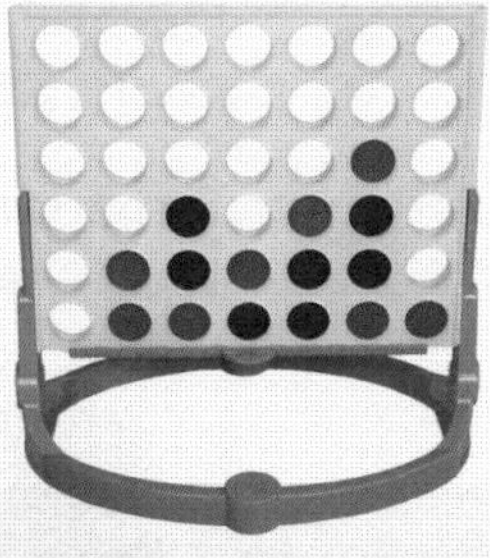

Dominion
[də`mɪnjən] 皇輿爭霸

Dungeons & Dragons
[ˋdʌndʒənz] [ˋdrægənz] 龍與地下城

Go [go] 圍棋

Monopoly [məˋnɑpli] 地產大亨；大富翁

Pandemic
[pænˋdɛmɪk] 瘟疫危機

Power Grid
[ˋpaʊɚ] [grɪd] 發電廠

Puerto Rico
[ˌpɔrtəˋriko] 波多黎各

Risk [rɪsk] 戰國風雲

Settlers of Catan
[ˋsɛtlɚz] [kəˋtɑn] 卡坦島；卡坦島拓荒者

Small World
[smɔl] [wɝd] 小小世界

Snakes and Ladders
[sneks] [ˋlædɚz] 蛇梯棋

Stratego
[ˋstrætəˌgo] 西洋陸軍棋

The Game of Life
[gem] [laɪf] 人生遊戲；生命之旅

Ticket to Ride
[ˋtɪkət] [raɪd] 鐵道任務

Trivial Pursuit
[ˋtrɪvɪəl] [pɚˋsut] 棋盤問答

PLAY ALL
TRACK 92

紙牌遊戲

Bang! [bæŋ] 砰！

bingo [ˋbɪŋgo] 美式賓果

blackjack
[ˋblækˏdʒæk] 廿一點

bridge [brɪdʒ] 橋牌

Citadels
[ˋsɪtədl̩z] 富饒之城

Crazy Eights
[ˋkrezi] [ets] 瘋狂八八

Dixit [ˋdɪksət] 妙語說書人

Go Fish [fɪʃ] 釣魚去

Hearts [hɑrts] 傷心小棧

poker [ˋpokɚ] 撲克牌

Rummy [ˋrʌmi] 拉密牌

Saboteur [ˏsæbəˋtɝ] 矮人礦坑

solitaire [ˋsɑləˏtɛr] 接龍

UNO [ˋuno] UNO 牌

集換式卡片遊戲

Hearthstone: Heroes of Warcraft
[ˋhɑrθˏston] [ˋhɪroz] [ˋwɔrˏkræft] 爐石戰記：魔獸英雄傳

Legend of the Five Rings
[ˋlɛdʒənd] [faɪv] [rɪŋz] 五環傳奇

Magic: the Gathering [ˋmædʒɪk] [ˋgæðərɪŋ] 魔法風雲會遊戲

Pokémon Trading Card Game
[ˋpokiˏmɑn] [ˋtredɪŋ] [kɑrd] [gem]
精靈寶可夢集換式卡片遊戲

Yu-Gi-Oh! Trading Card Game
遊戲王集換紙牌遊戲

單字遊戲

Anagrams [ˋænəˏgræmz] 易位構詞遊戲

Bananagrams
[bəˋnænəˏgræmz] 香蕉拼字遊戲

Boggle [ˋbɑgəl] 串字遊戲

Charades [ʃəˋredz] 比手畫腳

Mad libs [mæd] [lɪbz] 瘋狂填字遊戲

Pictionary [ˋpɪkʃəˏnɛri] 猜猜畫畫

Scrabble [ˋskræbəl] 拼字遊戲

Taboo [təˋbu] 有口難言

Words with Friends（填字遊戲）

紙筆遊戲

crossword [ˋkrɔs͵wɝd] 填字遊戲

cryptograms [ˋkrɪptə͵græmz] 密碼遊戲

hangman [ˋhæŋmæn] 吊死鬼；猜單詞遊戲

sudoku [suˋdoku] 數獨

tic-tac-toe
[ˋtɪk͵tækˋto] 井字遊戲

word search [sɝtʃ] 找字遊戲

其他

baccarat [͵bɑkəˋrɑ] 百家樂

craps [kræps] 花旗骰

dominoes [ˋdɑmə͵noz] 多米諾骨牌；西洋骨牌

liar's dice [laɪrz] [daɪs] 大話骰；吹牛骰（也稱 bluff）

mah-jongg [ˋmɑ͵ʒɑŋ] 麻將

pachinko [pəˋtʃɪŋko] 柏青哥

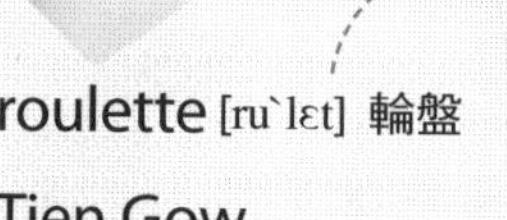

roulette [ruˋlɛt] 輪盤

Tien Gow
天九牌；西洋骨牌

Yahtzee 快艇骰子

Painting 繪畫

Famous Paintings 世界名畫

代表作品

A Bar at the Folies-Bergère [bɑr] [fo͵libɛrˋʒɛr] 女神遊樂廳的吧檯

A Sunday Afternoon on the Island of La Grande Jatte
[ˋsʌnde] [͵æftɚˋnun] [ˋaɪlənd] 大碗島的星期天下午

Along the River during the Qingming Festival
[əˋlɔŋ] [ˋrɪvɚ] [ˋdurɪŋ] [ˋfɛstəvəl] 清明上河圖

American Gothic [əˋmɛrəkən] [ˋgɑθɪk] 美國哥德式

Café Terrace at Night
[kæˋfe] [ˋtɛrəs] [naɪt] 夜晚露天咖啡座

Composition VIII
[͵kɑmpəˋzɪʃən] [et] 構成第八號

Dance at Le Moulin de la Galette
[lə ͵muˋlæŋ] 煎餅磨坊的舞會

Dwelling in the Fuchun Mountains
[ˋdwɛlɪŋ] [ˋmaʊntn̩z] 富春山居圖

Girl with a Pearl Earring
[gɝl] [pɝl] [ˋɪrɪŋ] 戴珍珠耳環的少女

休閒娛樂

Guernica

The Birth of Venus

Guernica [ˋgwɛənɪkə] 格爾尼卡

Impression, Sunrise [ɪmˋprɛʃən] [ˋsʌn͵raɪz] 印象・日出

Lady with an Ermine [ˋledi] [ˋɝmən] 抱銀貂的女子

Las Meninas 侍女

Last Supper [læst] [ˋsʌpɚ] 最後的晚餐

Liberty Leading the People
[ˋlɪbəti] [ˋlidɪŋ] [ˋpipəl] 自由引導人民

Mona Lisa [͵monəˋlɪsɑ] 蒙娜麗莎

Nighthawks [ˋnaɪt͵hɔks] 夜遊者

No. 5, 1948 [ˋnʌmbɚ] [faɪv] [ˋnaɪ͵tin ˋfɔrtiˋet] 1948 年第 5 號

School of Athens [skul] [ˋæθənz] 雅典學院

Self-Portrait without Beard
[ˋsɛlf pɔrtrət] [wɪˋðaʊt] [bɪrd] 沒鬍子的自畫像

Starry Night [ˋstɑri] 星夜

The Arnolfini Portrait [ˋpɔrtrət] 阿爾諾菲尼夫婦

The Birth of Venus [bɝθ] [ˋvinəs] 維納斯的誕生

The Gleaners

The Night Watch

The Creation of Adam [kri`eʃən] [ˋædəm] 創造亞當

The Dance [dæns] 舞蹈

The Gleaners [ˋglinɚz] 拾穗

The Great Wave off Kanagawa
[gret] [wev] [ˏkɑnɑ`gɑwə] 神奈川沖浪裏

The Japanese Bridge [ˏdʒæpə`niz] [brɪdʒ] 日本式步橋

The Kiss [kɪs] 吻

The Night Watch [wɑtʃ] 夜巡

The Persistence of Memory
[pɚ`sɪstəns] [ˋmɛməri] 記憶的堅持

The Scream [skrim] 吶喊

Travelers among Mountains and Streams
[ˋtrævələz] [ə`mʌŋ] [ˋmaʊntn̩z] [strimz] 谿山行旅圖

Water Lilies [ˋwɔtɚ] [ˋlɪliz] 睡蓮

Young Girls at the Piano
[jʌŋ] [gɜlz] [pi`æno] 彈鋼琴的少女

Painting 繪畫

Painters 畫家

著名畫家

Andy Warhol 安迪・沃荷

Claude Monet 克勞德・莫內

Edvard Munch 愛德華・孟克

Frida Kahlo 芙烈達・卡蘿

Jackson Pollock 傑克遜・波洛克

Joan Miró 胡安・米羅

Johannes Vermeer 約翰尼斯・維梅爾
（亦稱 Jan Vermeer 揚・維梅爾）

Leonardo da Vinci 李奧納多・達文西

Michelangelo 米開朗基羅

Pablo Picasso 巴勃羅・畢加索

Paul Cézanne 保羅・塞尚

Paul Gauguin 保羅・高更

Pierre-Auguste Renoir 奧古斯特・雷諾瓦

Raphael 拉斐爾

Rembrandt 林布蘭

Salvador Dalí 薩爾瓦多・達利

Vincent van Gogh 文森・梵谷

各種風格

abstract art [ˋæb͵strækt] [ɑrt] 抽象藝術

conceptual art / conceptualism [kənˋsɛptʃuəl] / [kənˋsɛptʃuə͵lɪzəm] 觀念藝術

Cubism [ˋkju͵bɪzəm] 立體主義

expressionism [ɪkˋsprɛʃə͵nɪzəm] 表現主義

futurism [ˋfjutʃə͵rɪzəm] 未來主義

graffiti [grəˋfiti] 塗鴉

hyperrealism [͵haɪpəˋriə͵lɪzəm] 超級寫實主義

Impressionism [ɪmˋprɛʃə͵nɪzəm] 印象派

minimalism [ˋmɪnəmə͵lɪzəm] 極簡主義

modernism [ˋmɑdɚ͵nɪzəm] 現代主義

photo-realism [͵fotoˋriə͵lɪzəm] 照相寫實主義

pop art [pɑp] 普普藝術

Romanticism [roˋmæntə͵sɪzəm] 浪漫主義

street art [strit] 街頭藝術

surrealism [səˋriə͵lɪzəm] 超現實主義

Painting 繪畫

Painting Methods & Tools 繪畫方式與用具

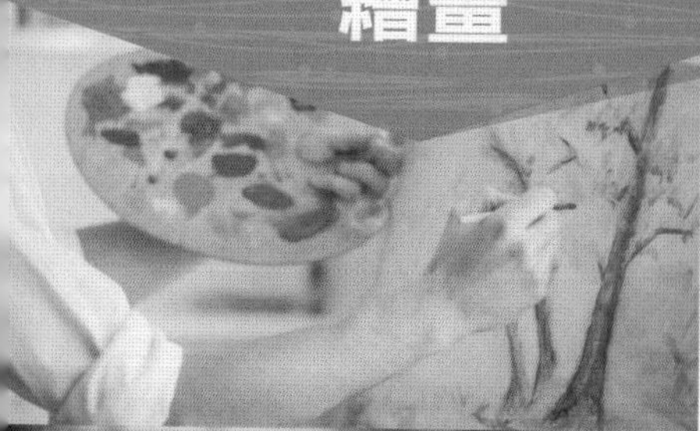

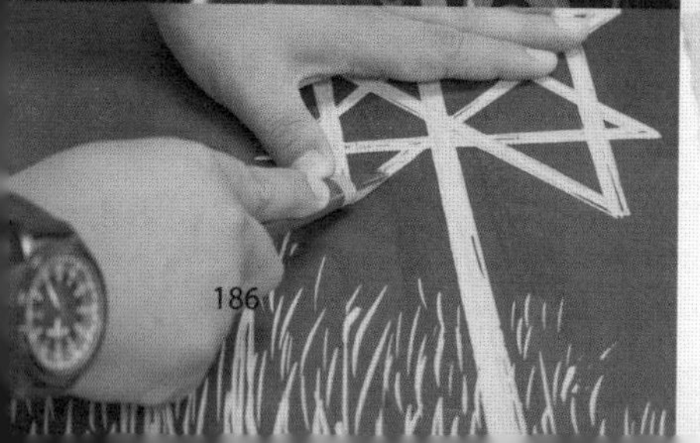

繪畫方式

acrylic painting
[ə`krɪlɪk] [`pentɪŋ] 壓克力畫

digital painting [`dɪdʒətl̩] 數位繪圖

ink wash painting [ɪŋk] [wɔʃ] 水墨畫

oil painting [ɔɪl] 油畫

pastel [pæ`stɛl] 粉彩畫

perspective [pɚ`spɛktɪv] 透視畫法

sandpainting [`sænd͵pentɪŋ] 沙畫

spray painting [spre] 噴漆畫

tempera painting
[`tɛmpərə] 蛋彩畫

watercolor painting
[`wɑtɚ͵kʌlɚ] 水彩畫

woodcut printing
[`wʊd͵kʌt] 木刻版畫

繪畫用具

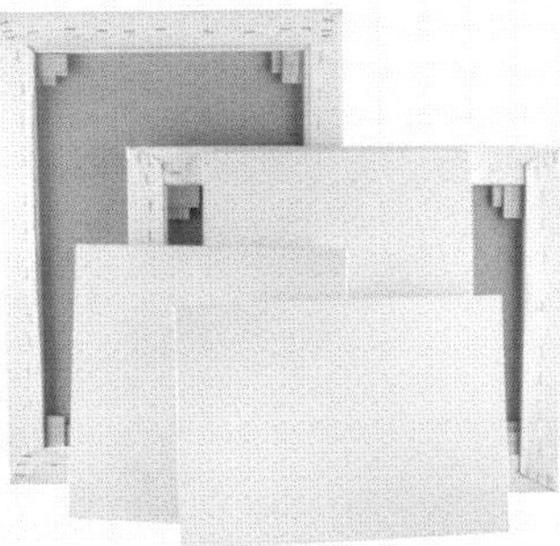

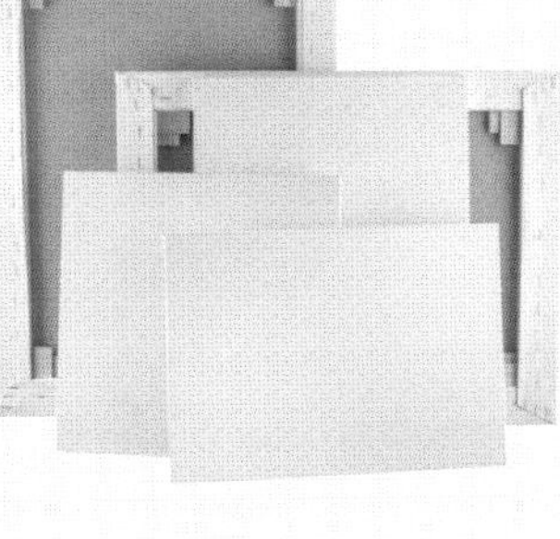

canvas
[ˋkænvəs] 油畫布

crayon
[ˋkreˏɑn] 彩色蠟筆

dye [daɪ] 染料

easel [ˋizəl] 畫架

paintbrush
[ˋpentˏbrʌʃ] 畫筆

palette
[ˋpælət] 調色盤

pigment [ˋpɪgmənt] 顏料

sponge
[spʌndʒ] 海綿

turpentine
[ˋtɝpənˏtaɪn] 松脂；松節油

二十世紀前代表作家

Alexandre Dumas 亞歷山大・大仲馬

Charles Dickens 查爾斯・狄更斯

Charlotte Brontë 夏綠蒂・勃朗特

Edgar Allan Poe 愛倫・坡

Fyodor Dostoevsky
費奧多爾・杜斯妥也夫斯基

H.G. Wells 赫伯特・喬治・威爾斯（常稱為 H. G. 威爾斯）

Henry David Thoreau
亨利・大衛・梭羅

Herman Melville 赫爾曼・梅爾維爾

Jane Austen 珍・奧斯汀

Jonathan Swift 強納森・史威夫特

Jules Verne 儒勒・凡爾納

L. Frank Baum 李曼・法蘭克・鮑姆

Leo Tolstoy 列夫・托爾斯泰

Lewis Carroll 路易斯・卡羅

Louisa May Alcott
露易莎・梅・奧爾柯特

Lucy Maud Montgomery
露西・莫德・蒙哥馬利

Mark Twain 馬克・吐溫

Mary Shelley 瑪麗・雪萊

Miguel de Cervantes
米格爾・德・賽凡提斯

Nathaniel Hawthorne 納撒尼爾・霍桑

Robert Louis Stevenson 羅伯特・路易斯・史蒂文森

Victor Hugo 維克多・雨果

二十世紀後著名代表作家

PLAY ALL
TRACK 103

Agatha Christie 阿嘉莎・克莉絲蒂

Alice Walker 愛麗絲・華克

Edith Wharton 伊迪絲・華頓

Ernest Hemingway
厄尼斯特・海明威

F. Scott Fitzgerald
法蘭西斯・史考特・費茲傑羅

Franz Kafka
法蘭茲・卡夫卡

George Orwell 喬治・歐威爾

J.K. Rowling J. K. 羅琳

J.R.R. Tolkien J. R. R. 托爾金

Jack London 傑克・倫敦

James Joyce 詹姆斯・喬伊斯

John Steinbeck 約翰・史坦貝克

Joseph Conrad 約瑟夫・康拉德

O. Henry 歐・亨利

Roald Dahl 羅爾德・達爾

Rudyard Kipling
魯德亞德・吉卜林

Sir Arthur Conan Doyle
亞瑟・柯南・道爾爵士

Stephen King 史蒂芬・金

Toni Morrison 托妮・莫里森

Virginia Woolf 維吉尼亞・吳爾芙

William Faulkner 威廉・福克納

Alfred Tennyson 阿佛烈・丁尼生

Dante Alighieri 但丁・阿利吉耶里

Emily Dickinson 埃米莉・狄更生

Geoffrey Chaucer 傑弗里・喬叟

John Donne 約翰・多恩

John Keats 約翰・濟慈

Lord Byron 拜倫勳爵（原名 George Byron）

Oliver Wendell Holmes, Sr. 老奧利弗・溫德爾・霍姆斯

Pablo Neruda 巴勃羅・聶魯達

Percy Shelley 珀西・雪萊

Rabindranath Tagore 羅賓德拉納特・泰戈爾

Robert Frost 羅伯特・佛洛斯特

T.S. Eliot T. S. 艾略特

Ted Hughes 泰德・休斯

Walt Whitman 華特・惠特曼

William Butler Yeats
威廉・巴特勒・葉慈

William Wordsworth
威廉・華茲渥斯

劇作家

PLAY ALL
TRACK 105

Albert Camus 阿爾貝・卡謬

Anton Chekhov 安東・契訶夫

Aphra Behn 艾佛拉・班恩

Arthur Miller 阿瑟・米勒

Bertolt Brecht 貝托爾特・布萊希特

Christopher Marlowe 克里斯多福・馬羅

Edward Albee 愛德華・阿爾比

Eugene O'Neill 尤金・歐尼爾

George Bernard Shaw
喬治・伯納德・蕭（蕭伯納）

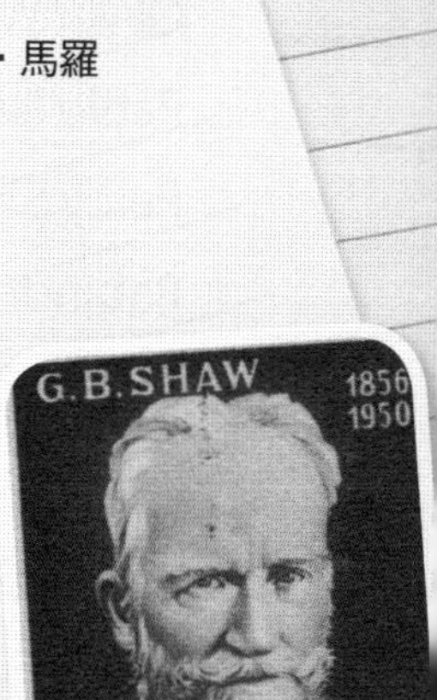

Henrik Ibsen 亨里克・易卜生

Molière 莫里哀

Oscar Wilde 奧斯卡・王爾德

Samuel Beckett 薩繆爾・貝克特

Sarah Kane 莎拉・凱恩

Tennessee Williams 田納西・威廉斯

William Shakespeare 威廉・莎士比亞

Famous Novels 世界名著

二十世紀前世界名著

PLAY ALL TRACK 106

A Christmas Carol [ˋkrɪsməs] [ˋkɛrəl] 小氣財神

Alice's Adventures in Wonderland [ˋæləsɪz] [ədˋvɛntʃɚ] [ˋwʌndɚˏlænd] 愛麗絲夢遊仙境

Crime and Punishment [kraɪm] [ˋpʌnɪʃmənt] 罪與罰

Divine Comedy [dəˋvaɪn] [ˋkɑmədi] 神曲

Don Quixote [ˏdɑnkɪˋhoti] 唐吉訶德

Great Expectations [gret] [ˏɛkˏspɛkˋteʃənz] 遠大前程

Gulliver's Travels [ˋgʌləvɚz] [ˋtrævəlz] 格列佛遊記

Heart of Darkness [hɑrt] [ˋdɑrknɪs] 黑暗之心

Iliad [ˋɪliəd] 伊利亞德

Les Misérables [leˏmɪzəˋhɑblə] 悲慘世界

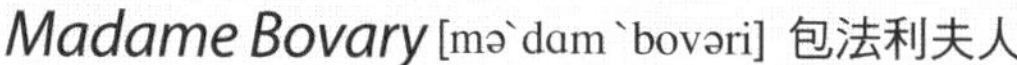

Madame Bovary [məˋdɑm ˋbovəri] 包法利夫人

Moby-Dick [ˋmobiˏdɪk] 白鯨記

Odyssey [ˋɑdəsi] 奧德賽

Paradise Lost [ˋpɛrəˏdaɪs] [lɔst] 失樂園

Pride and Prejudice [praɪd] [ˋprɛdʒədəs] 傲慢與偏見

Sense and Sensibility [sɛns] [ˏsɛnsəˋbɪləti] 理性與感性

The Adventures of Huckleberry Finn [ˋhʌkəlˏbɛri] [fɪn] 頑童歷險記

休閒娛樂

The Brothers Karamazov [ˋbrʌðɚz] 卡拉馬助夫兄弟們

The Canterbury Tales [ˋkæntəˏbɛri] [telz] 坎特伯里故事集

The Count of Monte Cristo [kaʊnt] [ˋmɑnti] [ˋkrɪsto] 基督山恩仇記

The Scarlet Letter [ˋskɑrlət] [ˋlɛtɚ] 紅字

Twenty Thousand Leagues under the Sea
[ˋtwɛnti] [ˋθaʊzn̩d] [ligz] [ˋʌndɚ] [si] 海底兩萬里

War and Peace [wɔr] [pis] 戰爭與和平

Wuthering Heights [ˋwʌðərɪŋ] [haɪts] 咆哮山莊

二十世紀後世界名著

1984 [ˋnaɪnˏtin ˋetiˏfɔr] 一九八四

Animal Farm [ˋænəməl] [fɑrm] 動物農莊

Catch-22 [ˋkætʃ ˋtwɛntiˏtu] 第 22 條軍規

Fahrenheit 451 [ˋfɛrənˏhaɪt] 華氏 451 度

Lolita [loˋlitə] 羅莉塔

One Hundred Years of Solitude [ˋhʌndrəd] [ˋsɑləˏtud] 百年孤寂

The Catcher in the Rye [ˋkætʃɚ] [raɪ] 麥田捕手

The Grapes of Wrath [greps] [ræθ] 憤怒的葡萄

The Great Gatsby [gret] [ˋgætsbi] 大亨小傳

The Lord of the Rings [lɔrd] [rɪŋz] 魔戒

The Metamorphosis [ˏmɛtəˋmɔrfəsəs] 變形記

The Old Man and the Sea 老人與海

The Sound and the Fury [saʊnd] [ˋfjʊri] 喧嘩與騷動

To the Lighthouse [ˋlaɪt͵haʊs] 到燈塔去

Ulysses [jʊˋlɪsiz] 尤利西斯

兒童與青少年文學

A Separate Peace [ˋsɛpərət] [pis] 返校日

A Wrinkle in Time [ˋrɪŋkəl] [taɪm] 時間的皺紋

Anne of Green Gables [æn] [grin] [ˋgebəlz] 清秀佳人

Black Beauty [blæk] [ˋbjuti] 黑神駒

Bridge to Terabithia [brɪdʒ] 通往泰瑞比西亞的橋

Charlotte's Web [ˋʃɑrləts] [wɛb] 夏洛特的網

Harry Potter series
[ˋhɛri] [ˋpɑtɚ] [ˋsɪriz] 哈利波特系列

Hatchet [ˋhætʃət] 手斧男孩

Holes [holz] 洞

Island of the Blue Dolphins
[ˋaɪlənd] [blu] [ˋdɔlfənz] 藍色海豚島

Little Women [ˋlɪtl̩] [ˋwɪmən] 小婦人

Lord of the Flies [lɔrd] [flaɪz] 蒼蠅王

Mother Goose Tales [ˋmʌðɚ] [gus] [telz] 鵝媽媽的故事

Roll of Thunder, Hear My Cry
[rol] [ˋθʌndɚ] [hɪr] [kraɪ] 黑色棉花田

The BFG 吹夢巨人

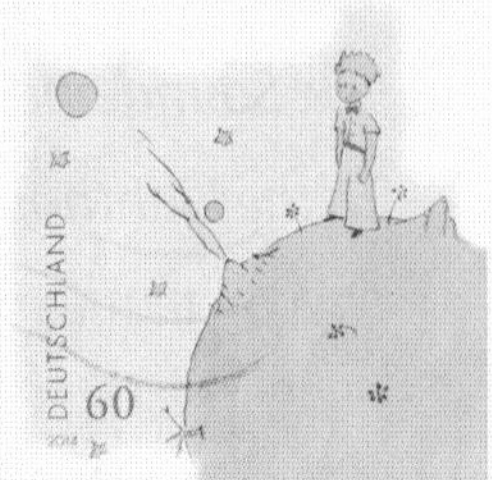

The Cat in the Hat [kæt] [hæt] 魔法靈貓

The Giver [ˋgɪvɚ] 記憶傳授人

The Little Prince [prɪns] 小王子

The Outsiders [ˋaʊtˏsaɪdɚz] 邊緣小子

The Phantom Tollbooth [ˋfæntəm] [ˋtolˏbuθ] 神奇收費亭

The Secret Garden [ˋsikrət] [ˋgɑrdn̩] 秘密花園

To Kill a Mockingbird [kɪl] [ˋmɑkɪŋˏbɝd] 梅岡城故事

Treasure Island [ˋtrɛʒɚ] 金銀島

Where the Red Fern Grows [rɛd] [fɝn] [groz] 紅色羊齒草的故鄉

Where the Sidewalk Ends [ˋsaɪdˏwɔk] [ɛndz] 人行道的盡頭

Where the Wild Things Are [waɪld] [θɪŋz] 野獸家園

經典繪本

Corduroy [ˋkɔrdəˏrɔɪ] 小熊可可

Curious George [ˋkjʊriəs] [dʒɔrdʒ] 好奇猴喬治

Goodnight Moon [gʊdˋnaɪt] [mun] 月亮，晚安

Green Eggs and Ham [grin] [ɛgz] [hæm] 綠雞蛋和火腿

The Giving Tree [ˋgɪvɪŋ] [tri] 愛心樹

The Little Engine That Could [ˋɛndʒən] [kʊd] 能幹的小引擎

The Story of Babar [ˋstɔri] [ˋbɑˏbɑr] 大象巴巴的故事

The Tale of Peter Rabbit [ˋpitɚ] [ˋræbət] 小兔彼得的故事

The Very Hungry Caterpillar
[ˋhʌŋgri] [ˋkætə͵pɪlɚ] 好餓的毛毛蟲

We're Going on a Bear Hunt [bɛr] [hʌnt] 我們去獵熊

戲劇小說

A Doll's House [dɔlz] [haʊs] 玩偶之家

A Midsummer Night's Dream
[ˋmɪd͵sʌmɚ] [naɪts] [drim] 仲夏夜之夢

A Streetcar Named Desire [ˋstrit͵kɑr] [nemd] [dɪˋzaɪr] 慾望街車

Death of a Salesman [dɛθ] [ˋselzmən] 推銷員之死

Hamlet [ˋhæmlət] 哈姆雷特

King Lear [kɪŋ] [lɪr] 李爾王

Macbeth [mækˋbɛθ] 馬克白

Othello [əˋθɛlo] 奧賽羅

Pygmalion [pɪgˋmeljən] 賣花女

Romeo and Juliet [ˋromɪ͵o] [ˋdʒuljət] 羅密歐與茱麗葉

Tartuffe [͵tɑrˋtuf] 偽君子

The Importance of Being Earnest [ɪmˋpɔrtn̩s] [ˋbiɪŋ] [ˋɜnəst] 不可兒戲

The Merchant of Venice [ˋmɜtʃənt] [ˋvɛnəs] 威尼斯商人

The Tragical History of Doctor Faustus
[ˋtrædʒɪkəl] [ˋhɪstəri] [ˋdɑktɚ] [ˋfaʊstəs] 浮士德博士悲劇

Waiting for Godot [ˋwetɪŋ] [gəˋdo] 等待果陀

各項文學獎項

Baileys Women's Prize for Fiction
[ˋbeliz] [ˋwɪmənz] [praɪz] [ˋfɪkʃən] 百利女性小說獎

Caldecott Medal [ˋmɛdḷ] 凱迪克獎（兒童繪本大獎）

Commonwealth Writers' Prize
[ˋkɑmən͵wɛlθ] [ˋraɪtɚz] 不列顛國協作家獎

Costa Book Awards [ˋkɑstə] [əˋwɔrdz] 科斯塔圖書獎

Hugo Awards [ˋhjugo] 雨果獎（科幻及奇幻作品獎）

Man Booker Prize [mæn] [ˋbʊkɚ]
曼布克獎；布克獎（長篇小說獎）

National Book Award [ˋnæʃnəl] 美國國家圖書獎

National Book Critics Circle Award
[ˋkrɪtɪks] [ˋsɝkəl] 美國國家書評獎

Nebula Awards [ˋnɛbjələ] 星雲獎（科幻及奇幻藝術年度大獎）

Neustadt International Prize for Literature
[͵ɪntɚˋnæʃnəl] [ˋlɪtərə͵tʃʊr] 紐斯塔特國際文學獎

Newbery Medal 紐伯瑞獎（兒童文學獎）

Nobel Prize in Literature [noˋbɛl] 諾貝爾文學獎

PEN/Faulkner Award for Fiction
[pɛn] [ˋfɔknɚ] 國際筆會／福克納小說獎

Pulitzer Prize [ˋpʊlətsɚ] 普利茲獎

常見寫作形式

poetry [ˋpoətri] 詩歌

- epic poem [ˋɛpɪk] [ˋpoəm] 史詩
- haiku [ˏhaɪˋku] 俳句
- poem [ˋpoəm] 詩
- sonnet [ˋsɑnət] 十四行詩

prose [proz] 散文

- fable [ˋfebəl] 寓言
- fairy tale [ˋfɛri] [tel] 童話
- folktale [ˋfokˏtel] 民間故事
- graphic novel [ˋgræfɪk] 視覺文學
- legend [ˋlɛdʒənd] 傳說
- novel [ˋnɑvəl] 小說
- novella [noˋvɛlə] 中篇小說
- parable [ˋpɛrəbəl] 比喻
- play [ple] 戲劇
- satire [ˋsæˏtaɪr] 諷刺
- short story [ʃɔrt] [ˋstɔri] 短篇故事

Literature 文學

Elements of a Book 書本元素

書本結構

acknowledgments [ɪkˋnɑlɪdʒmənts]（作者）致謝

addendum [əˋdɛndəm] 附錄

bibliography [ˏbɪbliˋɑgrəfi] 書目

chapter [ˋtʃæptɚ] 章節

cover [ˋkʌvɚ] 封面（也可稱 jacket）

- hardcover [ˋhɑrdˋkʌvɚ] 精裝版
- paperback [ˋpepɚˏbæk] 平裝版

dedication [ˏdɛdɪˋkeʃən] 題獻

flyleaf [ˋflaɪˏlif] 襯頁；空白頁

foreword [ˋfɔrˏwɝd] 前言；序（非作者所寫）

frontispiece [ˋfrʌntəˏspis] 卷首圖片

glossary [ˋglɑsəri] 詞彙表；術語表

index [ˋɪnˏdɛks] 索引

introduction [ˏɪntrəˋdʌkʃən] 引言

postface [ˋpostfəs] 編後語

preface [ˋprɛfəs] 序；前言

spine [spaɪn] 書背、書脊

table of contents [ˋtebəl] [ˋkɑnˏtɛnts] 目錄

title page [ˋtaɪtl] [pedʒ] 書名頁

Hobbies 嗜好

Indoor 室內

室內活動

baking
[ˋbekɪŋ] 烘焙

calligraphy
[kəˋlɪgrəfi] 書法

coin collecting
[kɔɪn] [kəˋlɛktɪŋ] 錢幣收藏

cooking
[ˋkʊkɪŋ] 烹飪

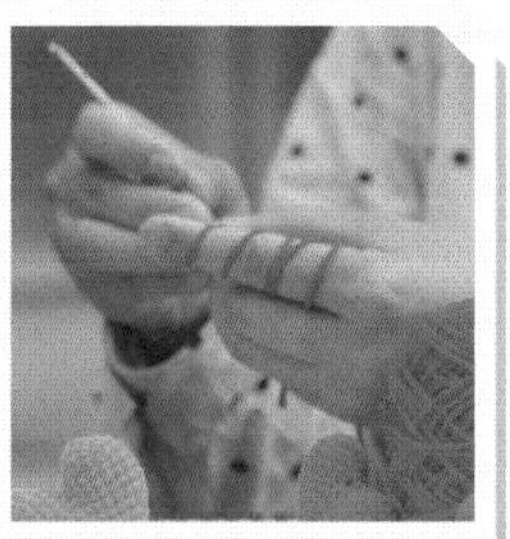

crocheting
[kroˋʃeɪŋ] 鉤針編織

dancing
[ˋdænsɪŋ] 舞蹈

darts [dɑrts] 飛鏢

drawing
[ˋdrɔɪŋ] 素描

embroidery

[ɪm`brɔɪdəri] 刺繡

home brewing

[hom] [`bruɪŋ] 自釀啤酒

knitting

[`nɪtɪŋ] 編織

laser tag

[`lezɚ] [tæg]

鐳射對戰射擊

model building

[`mɑdḷ] [`bɪldɪŋ] 組模型

origami

[ˏɔrə`gɑmi] 摺紙

（也稱 paper folding

[`pepɚ] [`foldɪŋ]）

painting

[`pentɪŋ] 繪畫

pottery

[`pɑtəri] 陶器

quilting

[`kwɪltɪŋ] 拼布

reading
[ˋridɪŋ] 閱讀

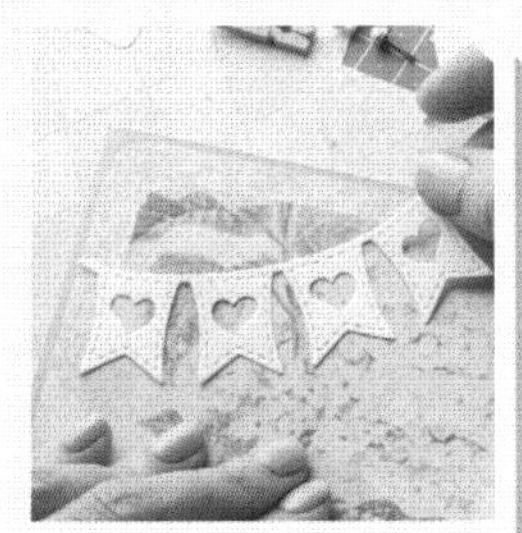

scrapbooking
[ˋskræpˏbʊkɪŋ] 美編拼貼

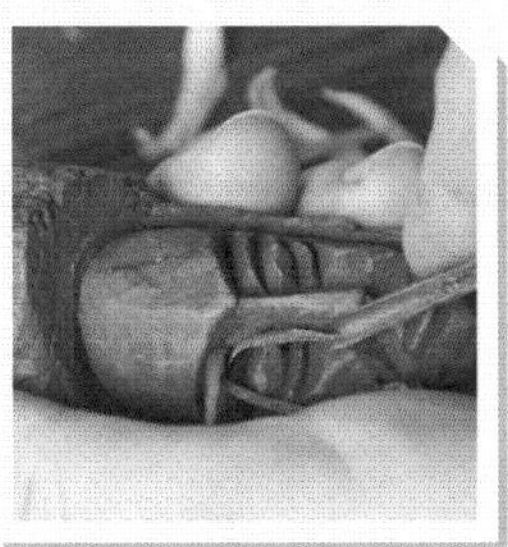

sculpting
[ˋskʌlptɪŋ] 雕塑；雕刻

sewing
[ˋsoɪŋ] 縫紉

stamp collecting
[stæmp] [kəˋlɛktɪŋ] 集郵

watching TV/ movies
[ˋwɑtʃɪŋ] [ˋtiˋvi] / [ˋmuviz]
看電視 / 電影

web surfing
[wɛb] [ˋsɝfɪŋ] 上網

woodworking
[ˋwʊdˏwɝkɪŋ] 木工

writing
[ˋraɪtɪŋ] 寫作

PLAY ALL
TRACK 115

室外活動

BASE jumping
[bes] [ˋdʒʌmpɪŋ] 定點跳傘

bird-watching
[ˋbɝdˏwɑtʃɪŋ] 賞鳥

camping
[ˋkæmpɪŋ] 露營

caving [ˋkevɪŋ]
洞穴探索（也稱
spelunking [spɪˋlʌŋkɪŋ]）

exercising [ˋɛksɚˏsaɪzɪŋ]
健身；體能鍛煉（也稱
working out）

fishing
[ˋfɪʃɪŋ] 釣魚

gardening
[ˋgɑrdn̩ɪŋ] 園藝

geocaching
[ˋdʒioˏkæʃɪŋ] 地理藏寶

hang gliding

[hæŋ] [ˋglaɪdɪŋ] 玩滑翔翼

hiking

[ˋhaɪkɪŋ] 徒步旅行

hunting

[ˋhʌntɪŋ] 狩獵

kart racing

[kɑrt] [ˋresɪŋ]

小型賽車；卡丁車

kayaking

[ˋkaɪˏækɪŋ] 划獨木舟

kite flying

[kaɪt] [ˋflaɪɪŋ] 放風箏

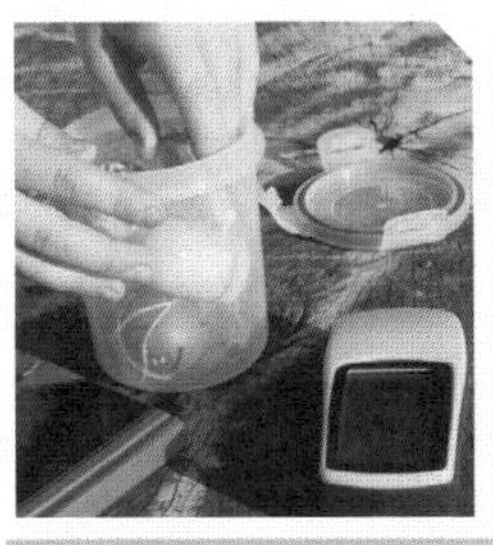

letterboxing

[ˋlɛtɚˏbɑksɪŋ]

地理郵筒尋寶遊戲

live action role-playing (LARPing)

[laɪv] [ˋækʃən] [ˋrolˏpleɪŋ]

實況角色扮演

miniature golf

[ˋmɪniəˏtʃʊr] [gɑlf]

迷你高爾夫

mountaineering
[ˏmaʊntəˋnɪrɪŋ]
登山運動

paintball
[ˋpentˏbɔl] 漆彈

parkour
[pɑrˋkʊr] 跑酷；城市疾走

photography
[fəˋtɑgrəfi] 攝影

rafting
[ˋræftɪŋ] 泛舟

river tracing
[ˋrɪvɚ] [ˋtresɪŋ] 溯溪

rock climbing
[rɑk] [ˋklaɪmɪŋ] 攀岩

scuba diving
[ˋskubə] [ˋdaɪvɪŋ] 水肺潛水

shopping
[ˋʃɑpɪŋ] 購物

shrimping
[ˋʃrɪmpɪŋ] 釣蝦

skiing
[ˋskiɪŋ] 滑雪

skydiving
[ˋskaɪˏdaɪvɪŋ] 跳傘

slacklining
[ˋslækˏlaɪnɪŋ] 走繩運動

snorkeling
[ˋsnɔrkəlɪŋ] 浮潛

surfing
[ˋsɝfɪŋ] 衝浪

traveling
[ˋtrævəlɪŋ] 旅行

urban exploration (Urbex)
[ˋɝbən] [ˏɛkspləˋreʃən]
城市探索

water skiing
[ˋwɑtɚ] [ˋskiɪŋ] 滑水

休閒娛樂

Recreational Locations
休閒場所

休閒娛樂場所

amusement park [ə`mjuzmənt] [pɑrk] 遊樂園

arcade [ɑr`ked] 電子遊樂場

art gallery [ɑrt] [`gæləri] 畫廊

auditorium [ˏɔdə`toriəm]（看表演、聽演講等的）禮堂、音樂廳

batting cage [`bætɪŋ] [kedʒ] 棒球打擊練習場

bowling alley [`bolɪŋ] [`æli] 保齡球館

concert hall [`kɑnsɝt] [hɔl] 音樂廳

cultural and creative park
[`kʌltʃrəl] [kri`etɪv] 文創園區

hot spring [hɑt] [sprɪŋ] 溫泉

KTV lounge/hall [laʊndʒ] KTV 大廳

museum [mjʊ`ziəm] 博物館

national park [`næʃnəl] 國家公園

nature reserve [`netʃɚ] [rɪ`zɝv] 自然保護區

playground [`pleˏgraʊnd] 遊樂場

resort [rɪ`zɔrt] 度假村

skate park [sket] 滑板運動場

sports center [spɔrts] [`sɛntɚ] 運動中心

theater [`θiətɚ] 劇場

theme park [θim] 主題公園

water park [`wɑtɚ] 水上樂園

遊樂設施

bumper cars/boats [ˋbʌmpɚ] 碰碰車／船

carousel [ˋkɛrə͵sɛl] 旋轉木馬（也稱 merry-go-round [ˋmɛrigo͵raʊnd]）

drop tower [drɑp] [ˋtaʊɚ] 自由落體

Ferris wheel [ˋfɛrəs] [wil] 摩天輪

fountain show [ˋfaʊntn̩] [ʃo] 水舞表演

gravitron [ˋgrævə͵trɑn] 狂飆飛碟

haunted house [ˋhɔntəd] [haʊs] 鬼屋

lazy river [ˋlezi] [ˋrɪvɚ] 漂漂河

log flume [lɔg] [flum] 木舟急流

mechanical bull [mɪˋkænɪkəl] [bʊl] 機器牛

pendulum ride [ˋpɛndʒələm] [raɪd] 大擺錘

reverse bungee [rɪˋvɝs] [ˋbʌndʒi] 翻轉彈跳

river rapids ride [ˋræpədz] 急流泛舟

roller coaster [ˋrolɚ͵kostɚ] 雲霄飛車

teacups [ˋti͵kʌps] 咖啡杯

swing ride [swɪŋ] 輻射飛椅

swinging pirate ship
[ˋswɪŋɪŋ] [ˋpaɪrət] [ʃɪp] 海盜船

water coaster [ˋwɑtɚ] [ˋkostɚ] 滑水飛車

waterslide [ˋwɑtɚ͵slaɪd] 滑水道

wave pool [wev] [pul] 造浪池

全球知名遊樂園

PLAY ALL
TRACK 118

Cedar Point [ˋsidɚ] [pɔɪnt] 雲杉點主題樂園（美國）

Chimelong Ocean Kingdom
[ˋtʃɪmələŋ] [ˋoʃən] [ˋkɪŋdəm] 長隆海洋王國（中國）

Disney's California Adventure Park
[ˋdɪznɪz] [͵kæləˋfɔrnjə] [ədˋvɛntʃɚ]
迪士尼加州冒險樂園

Efteling [ˋɛftḷɪŋ] 艾夫特琳（荷蘭）

Europa-Park [juˋropə ˋpɑrk]
魯斯特歐洲公園（德國）

Everland [ˋɛvɚ͵lænd] 愛寶樂園（韓國）

Islands of Adventure
[ˋaɪləndz] 環球冒險島樂園（美國）

Legoland Billund Resort
[ˋlɛgoˏlænd] [rɪˋzɔrt] 比隆樂高樂園（丹麥）

Lotte World 樂天世界（韓國）

Nagashima Spa Land
[spɑ] 長島溫泉樂園（日本）

Ocean Park Hong Kong
[ˋhɑŋˋkɑŋ] 香港海洋公園

SeaWorld Orlando
[ˋsiˋwɜld] [ɔrˋlændo] 奧蘭多海洋世界（美國）

Six Flags [sɪks] [flægz] 六旗樂園（美國）

Tivoli Gardens
[ˋtɪvəli] [ˋgɑrdn̩z] 蒂沃利花園（丹麥）

Tokyo DisneySea [ˋtokio] 東京迪士尼海洋（日本）

Universal Studios Florida
[ˏjunəˋvɜsəl] [ˋstjudioz] [ˋflɔrədə] 佛羅里達環球影城（美國）

Walt Disney World 華特迪士尼世界度假區（美國）

- Disney's Animal Kingdom
  [ˋænəməl] 迪士尼動物王國
- Disney's Hollywood Studios [ˋhɑliˏwʊd] 迪士尼好萊塢夢工場
- Epcot 艾波卡特
- Magic Kingdom
  [ˋmædʒɪk] 神奇王國
- Typhoon Lagoon
  [taɪˋfun] [ləˋgun] 颱風湖

Hobbies 嗜好

Museums 博物館

世界著名博物館

American Museum of Natural History
[ə`mɛrəkən] [mju`ziəm] [`nætʃərəl] [`hɪstəri] 美國自然史博物館（紐約）

British Museum
[`brɪtɪʃ] 大英博物館（英國）

Guggenheim Museum
[`gʊgənhaɪm] 古根漢博物館（美國）

Louvre [`luvrə] 羅浮宮（法國）

Museo Reina Sofía
索菲婭王后國家藝術中心博物館（西班牙）

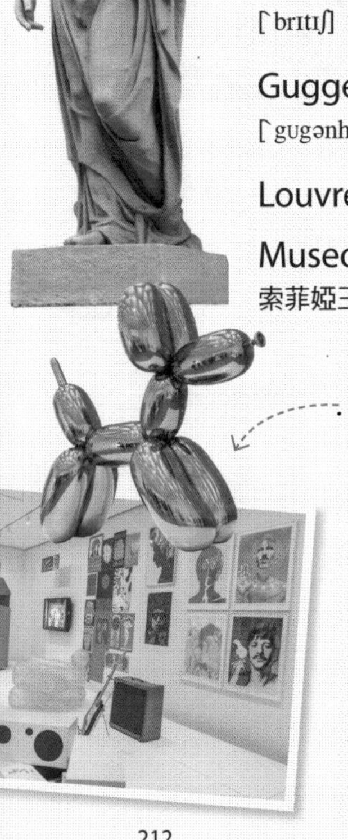

Museum of Modern Art (MOMA)
[`mɑdən] 現代藝術博物館（美國）

National Air and Space Museum
[`næʃnəl] [ɛr] [spes] 國家航空及太空博物館（美國）

National Museum of American History
美國國家歷史博物館（華府）

National Museum of China [`tʃaɪnə] 中國國家博物館

National Museum of Natural History
美國國立自然史博物館（華府）

National Palace Museum
[ˋpæləs] 故宮博物院（臺灣）

Natural History Museum
自然史博物館（英國）

Shanghai Science and Technology Museum
[ˋʃæŋˏhaɪ] [ˋsaɪəns] [tɛkˋnɑlədʒi] 上海科技館

State Hermitage [stet] [ˋhɝmətɪdʒ]
艾米塔吉博物館；隱士廬博物館（俄羅斯）

Tate Modern [tet]
泰特現代藝術館（英國）

The Metropolitan Museum of Art
[ˏmɛtrəˋpɑlətən] [ɑrt] 大都會藝術博物館（美國）

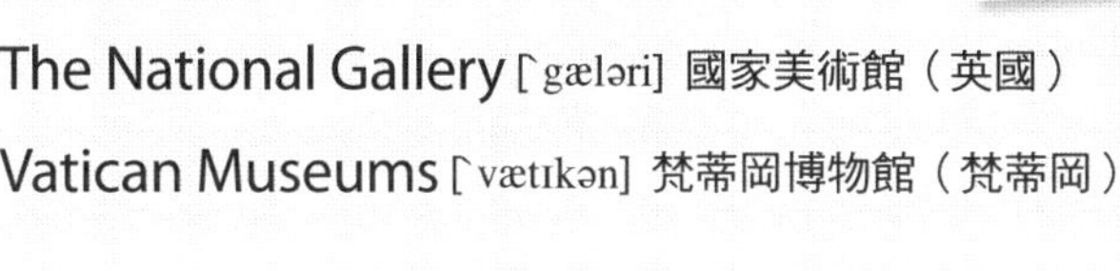

The National Gallery [ˋgæləri] 國家美術館（英國）

Vatican Museums [ˋvætɪkən] 梵蒂岡博物館（梵蒂岡）

博物館裡

展覽物品

armor [ˋɑrmɚ] 盔甲

artwork [ˋɑrtˏwɝk] 藝術品

bronze ware [brɑnz] [wɛr] 青銅器

bust [bʌst] 半身雕像

ceramics [səˋræmɪks] 陶瓷器

clay figure [kle] [ˋfɪgjɚ] 泥偶人

休閒娛樂

dinosaur [ˋdaɪnə͵sɔr] 恐龍

fossil [ˋfɑsəl] 化石

hanging scroll [ˋhæŋɪŋ] [skrol] （圖畫）掛軸、立軸

hieroglyph [ˋhaɪrə͵glɪf] 象形文字

jade [dʒed] 玉

mammoth [ˋmæməθ] 長毛象

manuscript [ˋmænjə͵skrɪpt] 手稿

model [ˋmɑdl̩] 模型

mummy [ˋmʌmi] 木乃伊

pottery [ˋpɑtəri] 陶器

prehistoric human [͵priɪsˋtɔrɪk] [ˋhjumən] 史前人類

sarcophagus [sɑrˋkɑfəgəs] （具有紋飾的古代）石棺

specimen [ˋspɛsmən] 標本

statue [ˋstætʃu] 雕像；雕塑品

steam locomotive [stim] [͵lokəˋmotɪv] 蒸汽火車頭

stone tool [ston] [tul] 石器

stuffed animal [stʌft] [ˋænəməl]
剝製動物做成的標本

terra-cotta warrior
[͵tɛrəˋkɑtə] [ˋwɔriə] 兵馬俑

textile [ˋtɛk͵staɪl] 織物；紡織品

totem pole [ˋtotəm] [pol] 圖騰柱

vintage car [ˋvɪntɪdʒ] [kɑr] 老爺車

其他相關用語

audio guide [ˋɔdi͵o] [gaɪd] 語音導覽

brochure [broˋʃʊr] （導覽）手冊

exhibition room [͵ɛksəˋbɪʃən] 展覽室

field trip [fild] [trɪp] 參觀教學；校外教學

gift shop [gɪft] [ʃɑp] 禮品店

hands-on activity
[ˋhændzˋɑn] [ækˋtɪvəti] 體驗活動

information desk
[͵ɪnfəˋmeʃən] [dɛsk] 詢問台

museum map [mjuˋziəm] [mæp] 館內地圖

picture light [ˋpɪktʃə] [laɪt] 畫燈

plaque [plæk] 解說板

security camera [sɪˋkjʊrəti] [ˋkæmərə]
監視攝影機

title [ˋtaɪtḷ] 展品名稱

visitor policy [ˋvɪzətə] [ˋpɑləsi] 注意事項

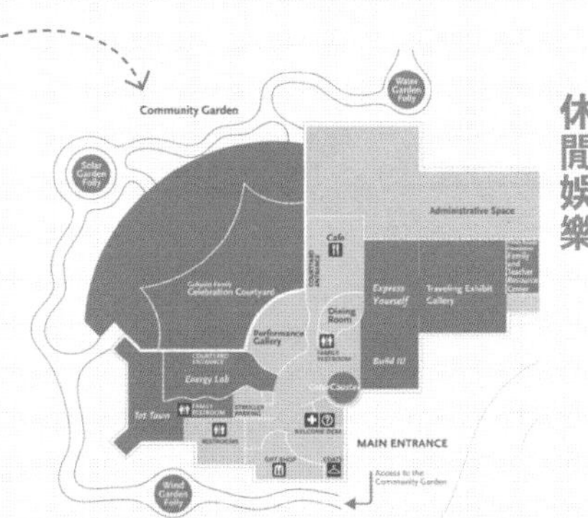

休閒娛樂

Concert
演唱會

演唱會

backup dancer [ˋbæk͵ʌp] [ˋdænsɚ] 舞群

badge [bædʒ] 徽章

band merchandise [bænd] [ˋmɝtʃən͵daɪz] 週邊商品

bass guitar [bes] [gəˋtɑr] 貝斯

bassist [ˋbesɪst] 貝斯手

drummer [ˋdrʌmɚ] 鼓手

fan [fæn] 粉絲（diehard fan 即「死忠粉絲」）

farewell concert [ˋfɛr͵wɛl] [ˋkɑnsɝt] 告別演唱會

glow stick [glo] [stɪk] 螢光棒

guitarist [gəˋtɑrɪst] 吉他手

lead singer [lid] [ˋsɪŋɚ] 主唱

megaphone [ˋmɛgə͵fon] 擴音喇叭

microphone [ˋmaɪkrə͵fon] 麥克風

number card [ˋnʌmbɚ] [kɑrd] 號碼牌

roadie [ˋrodi] 巡迴樂隊設備管理員

scalper [ˋskælpɚ] 黃牛（scalper tickets 即「黃牛票」）

stage [stedʒ] 舞台

stage lights [stedʒ] [laɪts] 舞台燈

舞蹈類型

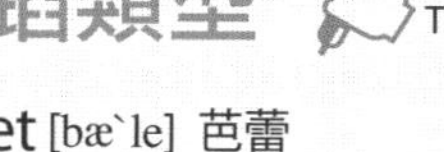

ballet [bæ`le] 芭蕾

ballroom dance [`bɔl͵rum] [dæns] 社交舞

belly dance [`bɛli] 肚皮舞

flamenco [flə`mɛŋko] 佛朗明哥舞

foxtrot [`fɑks͵trɑt] 狐步舞

jig [dʒɪg] 吉格舞

Latin dance [`lætn̩] 拉丁舞

line dance [laɪn] 排舞

mambo [`mɑmbo] 曼波舞

polka [`polkə] 波卡舞

rumba [`rʌmbə] 倫巴

salsa [`sɔlsə] 莎莎舞

square dance [skwɛr] 方塊舞

street dance [strit] 街舞

swing dance [swɪŋ] 搖擺舞

tango [`tæŋgo] 探戈

tap dance [tæp] 踢踏舞

waltz [wɔlts] 華爾滋

著名舞者

PLAY ALL
TRACK 123

Anna Pavlova 安娜・巴甫洛娃

Fred Astaire 佛雷・亞斯坦

Gene Kelly 金・凱利

Gregory Hines
古格里・海因斯

Isadora Duncan
伊莎朵拉・鄧肯

Margot Fonteyn
瑪歌・芳婷

Martha Graham 瑪莎・葛蘭姆

Merce Cunningham
摩斯・康寧漢

Michael Flatley 麥可・佛萊利

Mikhail Baryshnikov
米哈伊爾・巴雷什尼科夫

Rudolf Nureyev 魯道夫・紐瑞耶夫

Twyla Tharp 崔拉・夏普

Vaslav Nijinsky 瓦斯拉夫・尼金斯基

Hobbies 嗜好

Photography 攝影

攝影類型

aerial photography
[ˋɛriəl] [fəˋtɑgrəfi] 空拍；航拍

architectural
[ˏɑrkəˋtɛktʃərəl] 建築攝影

black and white
[blæk] [waɪt] 黑白照

candid [ˋkændəd] 抓拍攝影

forced perspective
[fɔrst] [pɚˋspɛktɪv] 借位攝影；強制透視攝影

high-speed [ˋhaɪ ˋspid] 高速攝影

infrared [ˏɪnfrəˋrɛd] 紅外線攝影

landscape [ˋlændˏskep] 風景照

macro [ˋmækro] 微距攝影

motion blur [ˋmoʃən] [blɝ]
動態模糊攝影

panoramic [ˏpænəˋræmɪk] 全景照

portraiture [ˋpɔrtrəˏtʃʊr] 人物攝影

tilt-shift [ˋtɪltˏʃɪft] 移軸攝影

time-lapse [ˋtaɪmˋlæps] 縮時攝影

underwater [ˋʌndɚˋwɔtɚ] 水底攝影

wedding [ˋwɛdɪŋ] 婚禮攝影

wildlife [ˋwaɪldˏlaɪf] 生態攝影

相機構造及配備

PLAY ALL TRACK 125

battery [ˋbætəri] 電池

camera bag [ˋkæmərə] [bæg] 相機包

camera strap [stræp] 相機帶

digital camera [ˋdɪdʒətl̩] 數位相機

digital single-lens reflex (DSLR) [ˋsɪŋgəlˋlɛnz] [riˏflɛks] 數位單眼相機

film [fɪlm] 底片

filter [ˋfɪltɚ] 濾鏡

fish-eye lens [ˋfɪʃˏaɪ] 魚眼鏡頭

flash [flæʃ] 閃光燈（flashgun 為「外接式閃光燈；閃光燈裝置」）

instant camera [ˋɪnstənt] 拍立得相機（快速拍照相機）

lens cap [lɛnz] [kæp] 鏡頭蓋

memory card [ˋmɛməri] [kɑrd] 記憶卡

photo frame [ˋfoto] [frem] 數位相框

rechargeable battery [riˋtʃɑrdʒəbəl] 充電電池

remote shutter [rɪˋmot] [ˋʃʌtɚ] 快門遙控

screen protector [skrin] [prəˋtɛktɚ] 螢幕保護貼

selfie stick [ˋsɛlfi] [stɪk] 自拍棒

shutter release [rɪˋlis] 快門

standard lens [ˋstændɚd] 標準鏡頭

tripod [ˋtraɪˏpɑd] 三腳架

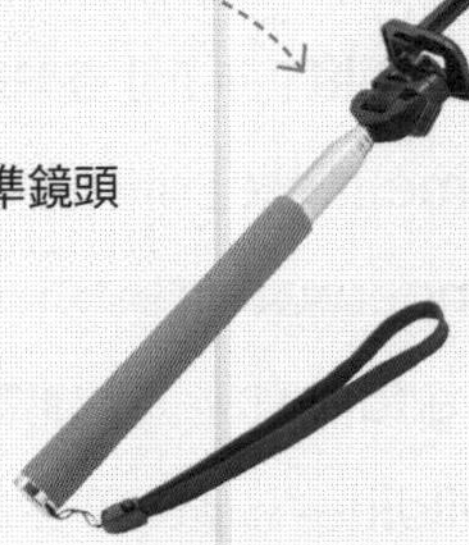

USB cable [ˏjuɛsˋbi] [ˋkebəl] USB 傳輸轉接線

waterproof camera bag
[ˋwɑtəˏpruf] 防水相機袋

wide-angle lens
[ˋwaɪdˋæŋgəl] 廣角鏡頭

zoom lens [zum] 伸縮鏡頭

拍照相關用語

PLAY ALL
TRACK 126

close-up [ˋklosˏʌp] 特寫

focus [ˋfokəs] 對焦

head shot [hɛd] [ʃɑt] 大頭照

out of focus 失焦

overexposed [ˏovəɪkˋspozd]
曝光過度

red-eye [ˋrɛdˏaɪ] 紅眼

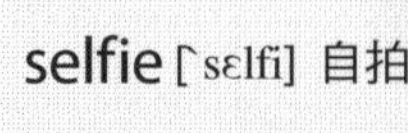

selfie [ˋsɛlfi] 自拍

underexposed
[ˏʌndəɪkˋspozd] 曝光不足

Hobbies 嗜好

At a Gym 健身房

健身房設施

balance ball
[ˋbæləns] [bɔl] 平衡球
（亦稱 BOSU ball）

barbell
[ˋbɑr͵bɛl] 槓鈴

bench press
[bɛntʃ] [prɛs] 舉重練習椅

dumbbell
[ˋdʌm͵bɛl] 啞鈴

exercise bike
[ˋɛksɚ͵saɪz] [baɪk]
（室內）健身腳踏車

free weights [fri] [wets]
自由重量器材（啞鈴、槓鈴等）

gym ball
[dʒɪm] [bɔl] 彈力球

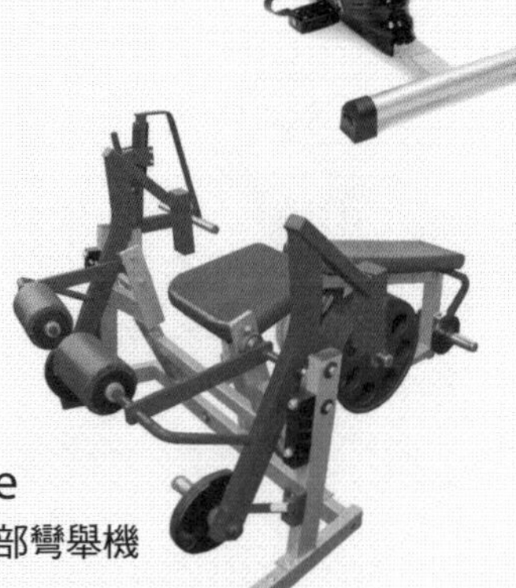

leg curl machine
[lɛg] [kɝl] [məˋʃin] 腿部彎舉機

locker room
[ˋlɑkɚ] [rum] 更衣間
（locker 為「置物櫃」）

rowing machine
[ˋroɪŋ] 划船機

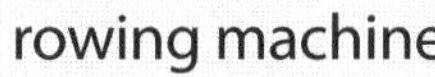

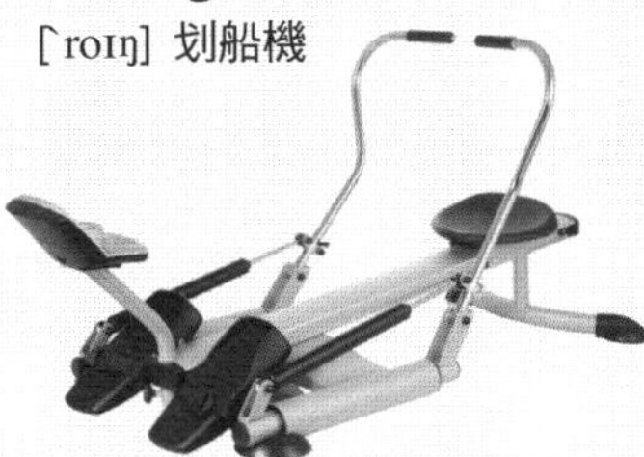

sit-up bench
[ˋsɪt͵ʌp] [bɛntʃ]
仰臥起坐訓練椅

squat cage
[skwɑt] [kedʒ]
蹲舉練習機

stair stepper
[stɛr] [ˋstɛpɚ] 踏步機

treadmill
[ˋtrɛd͵mɪl] 跑步機

vending machine
[ˋvɛndɪŋ] 自動販賣機

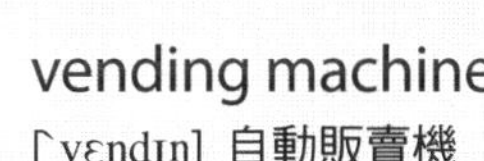

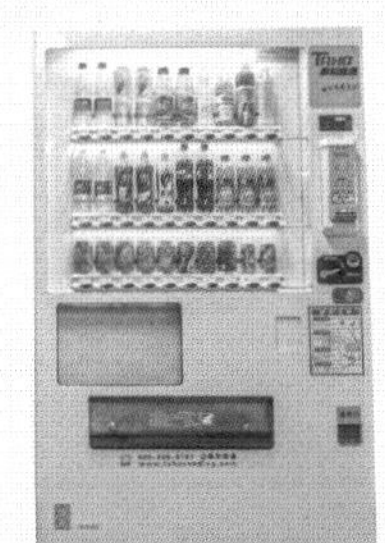

watercooler
[ˋwɑtɚ͵kulɚ] 飲水機

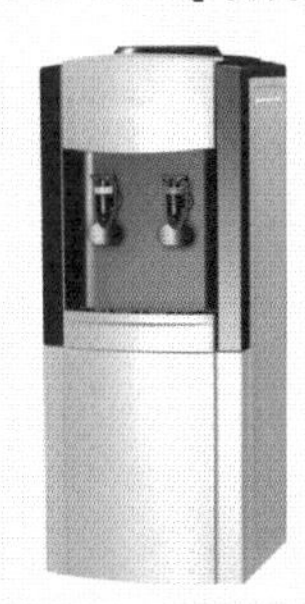

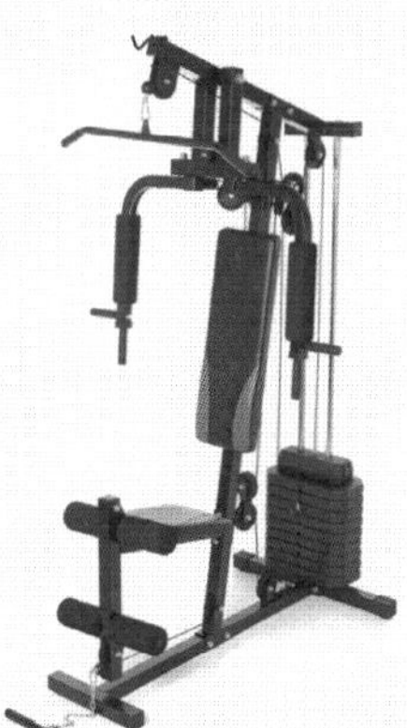

weight machine
[wet] 重量訓練機（鍛鍊背肌用）

yoga mat [ˋjogə] [mæt] 瑜珈墊

健身房課程及相關用語

aerobics [ˏɛˋrobɪks] 有氧運動

aerobics room [rum] 有氧教室

dance studio [dæns] [ˋstjudio] 舞蹈教室

fitness trainer [ˋfɪtnəs] [ˋtrenɚ] 健身教練

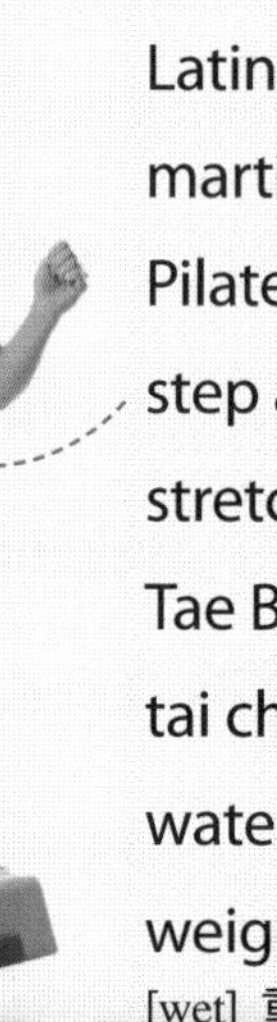

Latin Jam [ˋlætn̩] [dʒæm] 拉丁有氧

martial art [ˋmɑrʃəl] [ɑrt] 武術

Pilates [pəˋlɑtiz] 皮拉提斯

step aerobics [stɛp] 階梯有氧

stretching [ˋstrɛtʃɪŋ] 伸展運動

Tae Bo [ˋtaɪ ˏbo] 拳擊有氧

tai chi [ˋtaɪ ˋtʃi] 太極

water aerobics [ˋwɑtɚ] 水中有氧

weight room
[wet] 重量訓練室

營地與露營用具

air mattress
[ɛr] [ˋmætrəs] 充氣睡墊（亦稱 sleeping pad）

bow saw [bo] [sɔ] 弓形鋸

bug/insect spray
[bʌg] / [ˋɪn͵sɛkt] [spre] 防蟲噴霧液；防蚊液

camp kitchen [ˋkɪtʃən] 行動廚房

camp stool [kæmp] [stul] 露營凳

camp stove [stov] 營爐（露營爐具）

campfire [ˋkæmp͵faɪr] 營火

campsite [ˋkæmp͵saɪt] 營地

canopy [ˋkænəpi] 天幕
（「客廳帳」則稱為 screened canopy [skrind]）

cooler
[ˋkulɚ] 冰桶

dome tent
[dom] [tɛnt] 圓頂帳篷

Dutch oven
[dʌtʃ] [ˋʌvən] 荷蘭鍋

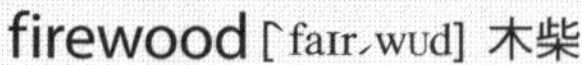

firewood [ˋfaɪr͵wʊd] 木柴

flashlight
[ˋflæʃ͵laɪt] 手電筒

folding table
[ˋfoldɪŋ] [ˋtebəl] 折疊桌

gas cartridge
[ˋkɑrtrɪdʒ] 瓦斯罐

gas torch
[gæs] [tɔrtʃ] 瓦斯噴槍

grill grate
[grɪl] [gret] 烤肉架

ground cloth
[graʊnd] [klɔθ] 地布、地墊

hammock [ˋhæmək] 吊床

hanging dry net
[ˋhæŋɪŋ] [draɪ] [nɛt] 露營吊籃

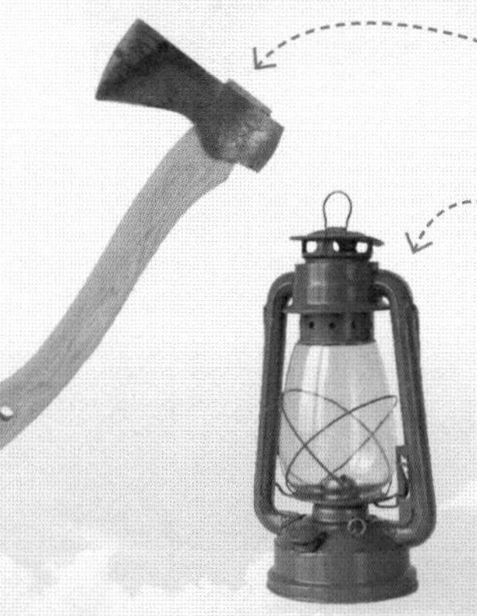

hatchet [ˋhætʃət] 短柄斧頭

headlamp [ˋhɛd͵læmp] 頭燈

lantern [ˋlæntən] 營燈

pan [pæn] 平底鍋

picnic bench [ˋpɪknɪk] [bɛntʃ] 露營長椅

portable fire pit
[ˋpɔrtəbəl] [faɪr] [pɪt] 攜帶式焚火台

rain tarp
[ren] [tɑrp] 外帳（也稱為 rain fly）

sleeping bag [ˋslipɪŋ] [bæg] 睡袋

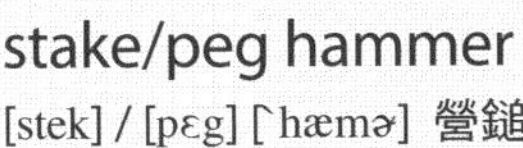

stake/peg hammer
[stek] / [pɛg] [ˋhæmɚ] 營鎚

Swiss army knife
[swɪs] [ˋɑrmi] [naɪf] 瑞士刀

tent [tɛnt] 帳棚

tent line [laɪn] 營繩

tent pole [pol] 營柱

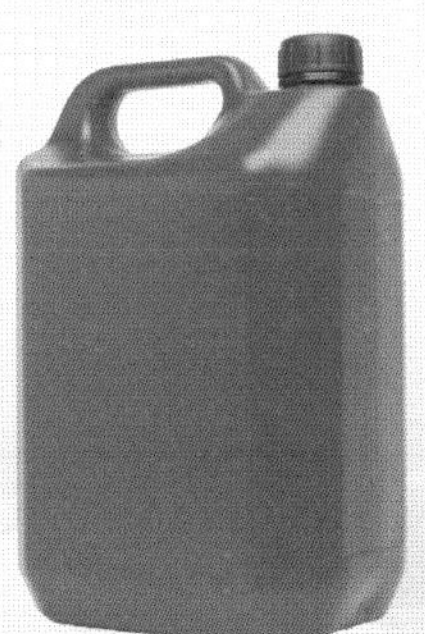

tent stake/peg [stek] / [pɛg] 營釘

tongs [tɔŋz] 夾具；鉗子

tripod stand [ˋtraɪˏpɑd] [stænd] 三角架

water can [ˋwɑtɚ] [kæn] 集水桶

Hobbies 嗜好

Diving 潛水

潛水配備及種類

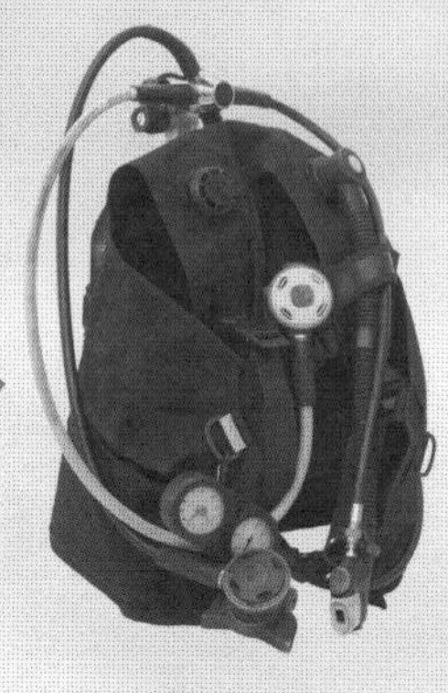

buoyancy compensator
[ˋbɔɪənsi] [ˋkɑmpən͵setɚ] 浮力調整裝置

dive light [daɪv] [laɪt] 潛水燈

dive mask [mæsk] 潛水面鏡

diving cylinder/tank
[ˋdaɪvɪŋ] [ˋsɪləndɚ] / [tæŋk] 潛水氣瓶

fins [fɪnz] 蛙鞋（亦稱為 flippers）

free diving [fri] 自由潛水

gauge [gedʒ]（壓力、深度）計量儀表

mouthpiece
[ˋmaʊθ͵pis]（呼吸管的）咬嘴

regulator [ˋrɛgjə͵letɚ] 呼吸調節器

scuba booties [ˋskubə] [ˋbutiz] 防滑鞋（也可稱 dive boots）

scuba diving 水肺潛水

shark cage diving [ʃɑrk] [kedʒ] 鯊籠潛水

snorkeling
[ˋsnɔrkəlɪŋ] 浮潛

weight belt
[wet] [bɛlt] 潛水帶；配重帶

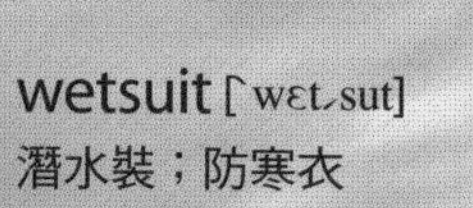

wetsuit [ˋwɛt͵sut]
潛水裝；防寒衣

Fishing
釣魚

釣魚工具

PLAY ALL
TRACK 131

bait [bet] 魚餌

boat fishing [bot] [ˋfɪʃɪŋ] 船釣

fishing line [laɪn] 釣魚線

fishing rod [rɑd] 釣魚竿

fishing spear [spɪr] 魚叉

float [flot] 浮球

fly [flaɪ] 假的蚊鉤、假蠅

hook [hʊk] 鉤子

lead weight
[lɛd] [wet] 鉛錘

lure [lʊr] 釣魚用的假餌

net [nɛt] 網子

reel [ril]（釣竿的）捲線軸

tackle box
[ˋtækəl] [bɑks] 釣具盒

waders [ˋwedəz]
防水褲（涉水用，與靴相連）

worm [wɝm] 蟲

游泳池

beach umbrella [bitʃ] [ˏʌmˋbrɛlə] 遮陽傘

bleachers [ˋblitʃɚz] 露天看台；露天座位

deck chair
[dɛk] [tʃɛr] 躺椅

diving board
[ˋdaɪvɪŋ] [bɔrd] 跳板

lane line [len] [laɪn] 泳道線

lane rope
[rop] 泳道繩

life ring
[laɪf] [rɪŋ] 救生圈

lifeguard
[ˋlaɪfˏgɑrd] 救生員

pool deck
[pul] [dɛk] 泳池露台

starting block
[ˋstɑrtɪŋ] [blɑk] 出發台

swimming lane
[ˋswɪmɪŋ] 泳道

wading pool
[ˋwedɪŋ] [pul] 淺水池、兒童池

游泳相關配備

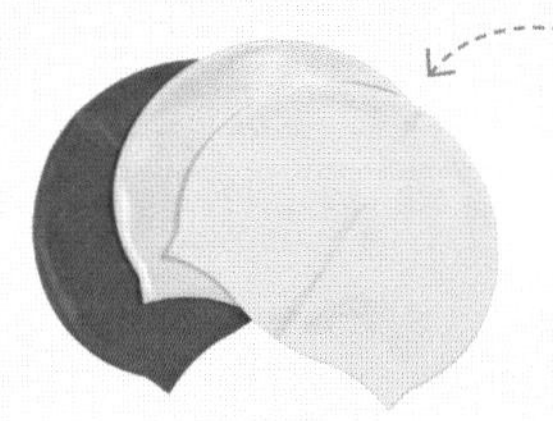

bathing/swimming/swim cap [ˋbæθɪŋ] / [ˋswɪmɪŋ] / [swɪm] [kæp] 泳帽

bikini [bəˋkini] 比基尼

goggles [ˋgɑgl̩z] 蛙鏡

inner tube [ˋɪnɚ] [tub] 游泳圈

jammer [ˋdʒæmɚ] 訓練用及膝泳褲

kickboard [ˋkɪk͵bɔrd] 浮板（亦稱為 flutter board）

one-piece [ˋwʌnˋpis] 連身泳衣

Speedo [ˋspido] 三角泳褲

sunscreen [ˋsʌn͵skrin] 防曬乳

swimming trunks [trʌŋks] 短褲式的男性泳褲

swimsuit [ˋswɪm͵sut] （尤指女式）整套泳衣

tankini [tæŋˋkini] 坦基尼

休閒娛樂

泳姿

backstroke
[ˋbæk͵strok] 仰式

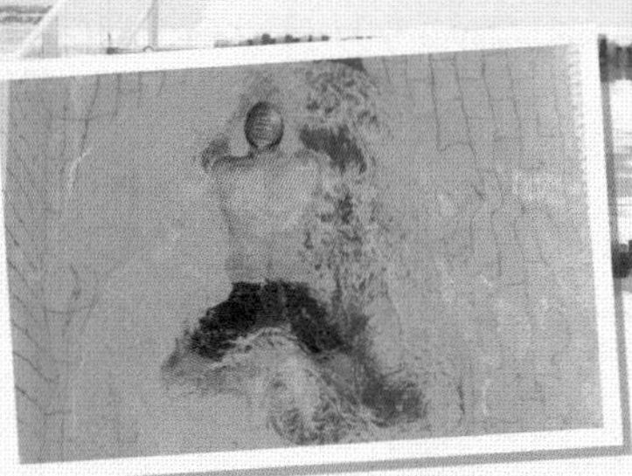

breaststroke [ˋbrɛst͵strok] 蛙式

butterfly stroke
[ˋbʌtɚ͵flaɪ] [strok] 蝶式

dive [daɪv] 跳水

dog paddle
[dɔg] [ˋpædḷ] 狗爬式

freestyle [ˋfri͵staɪl] 自由式

sidestroke [ˋsaɪd͵strok] 側泳

購物中心

accessories [ɪk`sɛsəriz] 配飾區

appliance store [ə`plaɪəns] [stɔr] 電器行

baby essentials & gear
[`bebi] [ɪ`sɛnʃəlz] [gɪr] 嬰兒用品

bedding [`bɛdɪŋ] 寢具

boutique [bu`tik] 精品店

drugstore
[`drʌg͵stɔr] 藥妝店

electronics store
[ɪ͵lɛk`trɑnɪks] 電子產品專賣店

fragrances & cosmetics
[`fregrənsɪz] [kɑz`mɛtɪks] 香氛及化妝品

home décor [hom] [`dɛ͵kɔr] 家飾

jewelry store [`dʒuəlri] 珠寶店

lingerie [͵lɑndʒə`re] 女性貼身衣物

men's apparel [mɛnz] [ə`pɛrəl] 男裝

sporting goods
[`spɔrtɪŋ] [gʊdz] 運動用品

tax refund
[tæks] [`ri͵fʌnd] 退稅

women's apparel
[`wɪmənz] 女裝

PLAY ALL
TRACK 136

知名購物網站

Amazon
[ˋæmə͵zɑn] 亞馬遜

Apple.com
[ˋæpəl ˋdɑt͵kɑm] 蘋果公司

ASOS [ˋesos]

Best Buy
[bɛst] [baɪ] 百思買

Bloomingdale's [ˋblumɪŋdelz]
布魯明黛

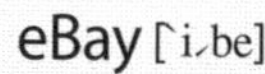

eBay [ˋi͵be]

Etsy [ˋɛtsi]

Groupon
[ˋgru͵pɑn] 酷朋

Newegg [ˋnju͵ɛg] 新蛋

Shopbop [ˋʃɑp͵bɑp]

Target [ˋtɑrgɪt] 目標百貨

Wayfair [ˋwe͵fɛr]

NOTES

Images, used under license from Shutterstock.com

p. 22

Kevin Hill Illustration · Aspen Photo · Kathy Hutchins · Rena Schild · Photo Works · Matt Trommer · Rena Schild · Mike Liu · Alan C. Heison · Dennis Ku

p. 23

Featureflash Photo Agency · Shout It Out Design · Anthony Correia · Photo Works · Debby Wong · Aspen Photo · Mary A Lupo · Photo Works · Aspen Photo · Anthony Correia

p. 48

Kobby Dagan · Natursports · Leonard Zhukovsky · Kathy Hutchins · Natursports · Marcos Mesa Sam Wordley · vipflash · Leonard Zhukovsky · s_bukley · Ververidis Vasilis · Photo Works

p. 49

Natursports · Leonard Zhukovsky · Kathy Hutchins · Keeton Gale · Oleksiy Naumov · Kathy Hutchins · Leonard Zhukovsky · Marcos Mesa Sam Wordley · A.RICARDO · Leonard Zhukovsky · Jamie Lamor Thompson · Tinseltown

pp. 50–51

miqu77 · Tinseltown · Debby Wong · landmarkmedia · plavevski · s_bukley ·

pp. 66–67

Photo Works · AGIF · Christian Bertrand · emipress · Christian Bertrand · Jefferson Bernardes · Kostas Koutsaftikis · Oleh Dubyna · Jaggat Rashidi

p. 80

Anthony Correia · Leonard Zhukovsky · Oleg Golovnev · Ferenc Szelepcsenyi · Tinseltown · Gustavo Fadel · Neale Cousland · Max Herman · Leonard Zhukovsky · Neale Cousland

p. 81

Jimmie48 Photography · Jimmie48 Photography · Anthony Correia · Jimmie48 Photography · Leonard Zhukovsky · Peter Valentino · Phil Anthony · Neale Cousland · immie48 Photography · pdrocha

p. 124

Featureflash Photo Agency · BAKOUNINE · JStone · lev radin · Andrea Raffin · Ga Fullner · magicinfoto · Jaguar PS · Denis Makarenko

p. 125

andersphoto · Kathy Hutchins · Kathy Hutchins · DFree · Andrea Raffin · Tinseltown · Kathy Hutchins · DFree · Ga Fullner · Tinseltown · Featureflash Photo Agency

p. 126

Tinseltown · Featureflash Photo Agency · Denis Makarenko · Debby Wong · Denis Makarenko · Tinseltown · Kathy Hutchins · Denis Makarenko · Andrea Raffin · Jaguar PS · Twocoms

p. 127

DFree · DFree · BAKOUNINE · Kathy Hutchins · Twocoms · BAKOUNINE · Debby Wong · JStone · BAKOUNINE · Featureflash Photo Agency · Kathy Hutchins

p. 128

DFree · Tinseltown · Tinseltown · Tinseltown · Tinseltown · Featureflash Photo Agency · Featureflash Photo Agency · Featureflash Photo Agency · Matteo Chinellato

p. 129

Twocoms · Kathy Hutchins · lev radin · JStone · Denis Makarenko · Featureflash Photo Agency · Everett Collection · Tinseltown · BAKOUNINE · Denis Makarenko · Featureflash Photo Agency

p. 130

Featureflash Photo Agency · Anton_Ivanov · lev radin · Kathy Hutchins · Liam Goodner · Kathy Hutchins · Kathy Hutchins · Matteo Chinellato · Kathy Hutchins · Ovidiu Hrubaru · Sam Aronov

p. 131

Featureflash Photo Agency · s_bukley · Denis Makarenko · Tinseltown · Ga Fullner · s_bukley · Rene Teichmann · Ron Adar · Tinseltown · Featureflash Photo Agency · BAKOUNINE

pp. 132–133

Lucian Milasan · Sergey Goryachev · neftali

p. 134

Featureflash Photo Agenc · DFree · Tinseltown · Kathy Hutchins · Featureflash Photo Agency · Kathy Hutchins · Denis Makarenko · Featureflash Photo Agency · JStone

p. 135

Kathy Hutchins · Featureflash Photo Agency · Jaguar PS · DFree · Kathy Hutchins · Debby Wong · Grey82 · Jaguar PS · Tinseltown · Featureflash Photo Agency

p. 148

Christian Bertrand · s_bukley · Debby Wong · Twocoms · Featureflash Photo Agency · Tinseltown · JStone · Featureflash Photo Agency · Tinseltown

p. 149

Joe Seer · Jaguar PS · Tinseltown · Press Line Photos · Kathy Hutchins · Tinseltown · Featureflash Photo Agency · Debby Wong · Krista Kennell · Kathy Hutchins · Frederic Legrand

p. 150

DFree · Kathy Hutchins · s_bukley · JStone · Tinseltown · Tinseltown · Kathy Hutchins · Featureflash Photo Agency · Everett Collection · Kathy Hutchins

p. 151

Jaguar PS · Kathy Hutchins · Ovu0ng · Grey82 · Debby Wong · Featureflash Photo Agency · Tinseltown · s_bukley · Tinseltown · Krista Kennell · JStone

p. 152

360b · GTS Productions

p. 184

JStone · Bangkokhappiness

pp. 188–189

Nicku · Olga Popova · neftali · spatuletail

pp. 190–192

aradaphotography · bissig · neftali · Olga Popova · catwalker · irisphoto1

p. 218

neftali · Jaguar PS

光碟黏貼處

105

台北市松山區八德路三段32號12樓

希伯崙股份有限公司客戶服務部　收

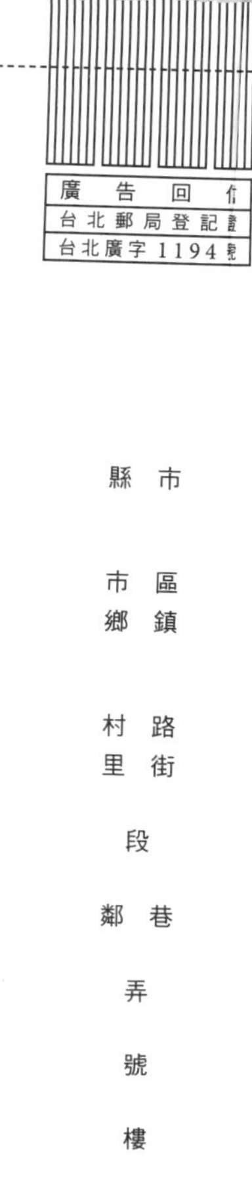

《英語萬用字典：運動休閒字彙百科》讀者回函卡

謝謝您購買 LiveABC 互動英語系列產品

如果您願意，請您詳細填寫下列資料，免貼郵票寄回希伯崙公司即可獲贈《CNN互動英語》、《Live互動英語》電子學習報3個月期（價值：900元）及LiveABC不定期提供的最新出版資訊。

姓名		性別	☐男 ☐女
出生日期	年 月 日	聯絡電話	
住址	☐☐☐		
E-mail			
學歷	☐國中以下 ☐國中 ☐高中 ☐大專及大學 ☐研究所		
職業	☐學生 ☐資訊業 ☐工 ☐商 ☐服務業 ☐軍警公教 ☐自由業及專業 ☐其他 ______		

您從何處得知本書？

☐書店 ☐網站 ☐電子型錄 ☐他人推薦 ☐雜誌 ☐其他______

您以何種方式購得此書？

☐一般書店 ☐連鎖書店 ☐網路 ☐郵局劃撥 ☐其他______

您覺得本書的價格？ ☐偏低 ☐合理 ☐偏高

您對本書的評價

	書名	封面	內容	編排	紙張
很滿意	☐	☐	☐	☐	☐
還不錯	☐	☐	☐	☐	☐
普　通	☐	☐	☐	☐	☐
不滿意	☐	☐	☐	☐	☐
很後悔	☐	☐	☐	☐	☐

您希望我們製作哪些學習主題？

您對我們的建議：

黏 貼 處